クレヨン供養

坂町ルツコ
SAKAMACHI Rutsuko

文芸社

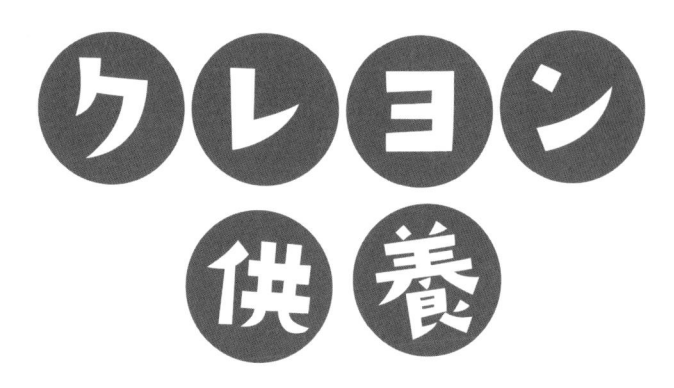

目次

第1章　愛憎アンビバレンスの母、ほぼ憎しみの父、両親を亡くして

鬼っ子、鬼親

ざわざわと耳障りな音で夢うつつの世界からぼんやり目を覚ました。ぼやけていた視界が徐々にはっきりしてくると、目の前には随分華やかな光景が広がっていた。

女性は留め袖、男性はモーニングコート姿でテーブルごとに談笑している。

結婚式のようだけど新郎新婦はどこ?と周りを見渡してみると母の姿が見えた。ハンカチで涙をぬぐいながらこちらを見ている。横には父が同じく神妙な面持ちで母に寄り添っていた。その光景に強烈な違和感を覚えると同時に頭の中の霞のようなもやが晴れ、完全に目が覚めて、ここに至るまでの経緯をすべて思い出した。

この結婚式の主役はこの私、私が花嫁だったのだ。あれは8か月ほど前、私は母に悲しい宣言をした。

「次にお見合いの話があれば、お相手がどんな方でも向こうから断られない限り、必ずその方と一緒になります」

母は私が23歳頃から結婚、結婚とうるさく言い始めた。毎日結婚を促す刺のある言葉に傷ついていた。

「23歳なんて、もうおばさんや。男の人はみんな若い女子高生がいいって言わはるのに」

と言われた時は、「私が高校生の時、好きやった男の子との仲を散々邪魔して引き裂いたのは誰やねん」と言いたかったたし、「お母ちゃんがおまえの年にはもう子供が2人いてたわ」と言われた時には自分と妹を指差して、「子供ってこれとそれやろ？　2人とも完全に失敗作品やん、失敗作品造っといて偉そうに言わんといて！」と呆れた。「夏子の幸せの為に言うてるんや」と言われた時には、「じゃあ、あんたと父親との間に幸せを感じさせてくれた？　そんなに結婚を勧めるんやったら、どうしてもっと仲の良い夫婦でいてくれへんかったん？」と悲しく思った。「結婚しなかったら世間からばかにされるよ」と言われた時には、「私は今まで充分ばかにされてきたし、今さらそんな事どうでもいい」と思ったが、母のこの言葉だけは本当にその通りだったと後々、色んな場面で思い知らされる事になる。

私はテレビで活躍している年上のタレントさんの名前をあげて、「あの人もあの人もみんなまだ独身やん」と言うと、「綺麗な人は結婚しなくていい」と言われたので近所の独身女性の名前をあげると、「あの人は教師という立派な職業を持ってるから生涯独身でも構へんのや、でもあんたは手に職もないし、資格も何の特技も取り柄もない。だから男の人に頼って生きていくしかない。お母ちゃんもお父ちゃんもあんたより先に死んでゆくんやで、その時あんた一人でどうやって生きてゆくの？」

「一人じゃない、ふゆちゃん（妹）もいる」というと妹は、「失礼やね、私は今までに2

回プロポーズされてるわ」と言い返した。
「いやいや何回プロポーズされていたとしても家の事を何もしないあんたに、結婚生活が持続できる訳がないでしょ」と思っていた。小さい時から虚弱体質で食が細い妹には両親も甘く、ごはんを食べてさえいればいつも誉められていた。父が、「富悠子1人ぐらいやったらずっとこの家にいててもらっても構わない」と頬を緩ませた。そして私に向かって、「ハタチとか21とか若くて新鮮なのがどんどん出てくるんや、八百屋の店先に野菜が並んでたらピチピチしたイキのいいのから売れてゆく、お前のようなしなびた野菜を誰が買うか」と言われた。

出た！　女を物のように例える「売れる、売れない」発言！　それは父の本音なんだろうけど、その辛辣な言い回しは父がよく読んでるシニカルな小説のフレーズの受け売りに違いない。でもどう説得されようと、今は結婚する訳にはいかないと頑なに踏みとどまっていた。

私は幼稚園児の頃から、変なお芝居ばかりしていた。当時はそんな言葉知らなかったが自虐だった。年齢だけは大人になったけど、中身はあの頃とそんなに変わっていない。自分とうまく付き合えない私が、他人と結婚してうまくやってゆけるはずがない。いつになるかわからないけど、もう少し人間としての自信が持てるまで待って！と言いたかったが、親に自分の考えを伝えたとしても、わかってもらえそうにないし、それ以前に話すら聞いてもらえないだろう。

ある日、友達と会って帰宅すると父親に、「いつまでもふらふらしやがって」と頭を叩かれた。

それから母と一緒に車に乗せられ、連れてゆかれた場所は写真館だった。

私にとって父親は、この世で一番馬が合わなくて怖い存在だった。大切に育てられた覚えも、常識的に育てられた記憶もない。それなのに年頃になったからといって、結婚という世間の常識の極みのようなシステムを押し付けてくるなんて、『ちょっと虫が良すぎやしませんか』と思うと涙が出てきた。

当然出来上がったお見合い写真は、瞼《まぶた》が腫れ上がり修正を施しても使えない代物だった。何度も拒否したが「嫌だったら断っても構わないから」と押しきられ、初めてお見合いしたのは24歳になったばかりの時だった。勿論生意気にもお断りさせていただいた。

相手がどんな人だったのかは記憶にない。ひと仕事やり終えた気になっていたら母は次の見合い話を持ってきた。

2、3度そんな感じで見合いを繰り返したがそのうち、「なんでこんないい話、断るんや？お前みたいに何の取り柄もない娘は、もらってあげると言われたら、それだけでありがたいと感謝せなあかんのに」と母に烈火の如く怒られた。だから次からは何度か会う事にした。

次のお見合い相手・渡辺やすおさんと3回目のデートの時、「そろそろ具体的に話を進めたいから近いうちに人を立てて挨拶に行くつもりだ、ご両親にそう伝えておいて」と言われた。

「それは困ります。来ないでください、迷惑です」と意思表示したにも拘らず次の日曜日、彼等はやってきた。

母から「夏子、今渡辺さんの上司が2人来てるから挨拶してきな」と言われ、私は逃走した。後でこっぴどく叱られたのはいうまでもないが、彼の方は会社で、もっと気まずい思いをしたに違いない。なんで私こんな、やりたくもない、誰一人得をしない活動をやってるんだろうと情けなく思った。

その次の見合い相手からは「ちょっとおとなし過ぎるから」という口実で断られた。そうだ！　今度からこの手でいこう。

次の見合いの席では、終始うつむき加減でぼそぼそと消え入りそうな声で話をした。そんな私は相当不気味に映ったはずだ。母も断るのなら身のほど知らずだと怒るが、断られるのは仕方ないと許してくれた。そしてその作戦を見透かされないために、受験生がよく半紙に「合格」とか「必勝」と書いて士気を高めているのを真似して、カレンダーや広告の裏に「結婚」と大きく書いて部屋の壁にペタペタ貼っておいた。

それにしても、お見合い話はみんな母の親戚や友達経由でやってきた。父親の関係先からの話は一件もなかった。

母はよく「お母ちゃんの友達が夏子に見合い相手を紹介してくれるのは、お母ちゃんの真面目な性格、仕事ぶり、人柄を知ってるから、杉田さんの娘さんやったら大丈夫と太鼓判押してくれてるからやで」と自慢気に言っていた。でもそれなら尚の事、人としてまだ完成してない私、真面目な母とは大違いの私の縁談を友達に頼むのは間違ってると思っていた。

その日も母の友達経由で舞い込んだお見合いをこなすため、母の友達の知り合いのお宅に伺った。表札のちょっと珍しい姓が気になった。

家の中に招かれ、そこの奥様に挨拶するとやっぱり中学の時の同級生のお母さんだった。その同級生さとえさんは既に結婚していて、現在妊娠中という事だった。彼女はちょっと意地悪な優等生タイプで私とは気が合わなかった。

あー私、あの人の親戚にまで断られなければならないのかと情けなく思ったが、そんなプライドより、やっぱり私は親の方が怖かった。だから自分から断る事は許されない。

結局、その人には、最悪の断り方をされてしまうのだ。

155センチメートルの私と同じくらいの身長の彼は、なかなかいい顔をしていた。背が低くてもバランスがとれて格好いい人は沢山いるけど、彼は顔が立派過ぎた。背がもっと高かったら、あるいは顔がもう少し小さかったら、もてたかもしれない。2度ぐらい会って連絡が来なくなった、これは断られたんだと喜んだ事をおくびにも出さず、母に「大我尾さんから連絡がない」とぼやいてみると、「電話してみろ」と言われたので電話してみた。

電話に出た彼は明らかに、戸惑っていて「何にも聞いてないの？」と言われた。やっぱり、既に断られていたのか、でもそれが我が家に伝わってなかったのは、さとえさんの出産騒ぎで奥さんからしたら他人の見合い話どころではなかったんだろうと推測した。

でも「はい、何にも聞いてません」と言って彼の次の言葉を待った。

『私が聞きたいのは断った、その一言なのよ、私はその事を母に報告してこの件に終止符を打たなければならないの。私に悪いなんて思う必要はないし、私もそれを望んでるんだから早く断ったと言って』

と思っていた。次の瞬間、信じられない言葉が返ってきた。

「私にはもったいな過ぎますので……」

びっくりした。この断り文句を使う人が本当にいるなんて信じられなかった。昔テレビのお見合い番組で『私にはもったいな過ぎます』と断る人がいたけど、なんだか相手をばかにした誠意のない断り方だなぁ、気が進まない相手をそういう文言で断るのが許されるのは、本当に相手が自分には立派過ぎる経歴や家柄の場合だけだと当時中学生の私にもわかった。そんなコントのような断り方をまさか自分がされるとは。

私はどう答えていいわからず、「そんな事ないです」と、その言葉を真に受けたみたいな返事をして、慌てて電話を切ってしまった。という訳で、中学の時の同級生と親戚になる事はなかった。

同級生といえば、こんな事もあった、小学2年の時、一緒に給食のパン係をしていた男の子の釣書がまわってきたそうだ。でもその人からは同級生はちょっと、と断られていたという事を後から知った。彼の写真を見ていた妹は『なんか目がトローンとしたおっさん』と言っていたが、私は写真を見る事さえなく、自分でも知らないうちにふられていたという訳だ。

なんだか母親に対してものすごーく腹が立った。たかが結婚に前向きになれないだけなのに、何でここまで責められたり嫌な思いをしなければならないんだろう?

友達のお姉さんは、来た見合い話を断わり続けているらしい。ご両親は残念に思いながらも『娘が嫌だと言っているのだから仕方がない』と菓子箱を持って先方にお断りに行く。嫌でも断る事ができない私は、彼女のお姉さんを羨ましく思った。

私は「お見合いなんてもうしない」と改めて母親に宣言した。

そもそも私が自虐になったのは、生まれ持った私の性分もあるかもしれないけど、親のせいでもあると思う。私が幼稚園の時から、母は私を父方の祖母に預けて働き始めた。その時祖母から受けたネグレクト、そして父親のパワハラが今の私の自虐体質を形成していると考えていた。

娘にそんなダメージを与えておいて、まだその傷が癒えないうちに今度は見合い地獄という新たな不幸を与えるのか。私は見合いなんかやってる場合ではないのだ。あんた達のせいで、もつれまくった私の心の毛糸を優しくほどいてやりたいんだ。

望んでもいない見合いなんかしていたら私の心の毛糸玉はますますこんがらがって、もうほどけなくなってしまう。お願いだから私の人生をこれ以上邪魔しないでくれ。そんな思いを込めて思いっきり怒りと憎しみを母にぶつけ、ほぼ毎日喧嘩を繰り返していた。

それでも喧嘩の後の母の背中を見てると心は揺れる。子供の頃、母の小さなサプライズ(今風に言えば)が嬉しくて「お母さんありがとう」と何度も抱きついた背中、その背中が悲しそうにしていると、自分は悪くないと思いながらも『お母さんごめんなさい』と謝らずにはいられないのだ。それに、小さい頃、病気の時の心細さから私を護ってくれた母の大きくてあたたかい手、母の手は、私にとって安心そのものだった。

私は母が大好きだったのに、いつの間にこんなに憎しみ合うようになったのか。きっと母はこの頃、重症の更年期障害だったのだろう。私はもう見合い地獄から解放されたかった。誰でもいいから一旦結婚して、すぐ離婚すれば夫からも親からも解放される。追い詰められていた私にはそんな浅はかな考えしか思い浮かばなかった。

そういう訳で、母に「今度お見合い話があれば、必ずその方と結婚します」という偽りの結婚宣言をした。そしてその2か月後にまたお話をいただき約束通り、とりあえずその人と一緒になる事に決めた。そしてその惨めさから身を守る為に、それからは感情を持たない抜け殻状態に入った。

だからそのお相手と、どこで見合いしたのか、どんな所でデートしたのか、どんな風に結婚式の準備をしたのか、全く記憶にない。そしてめでたく今日のこの佳き日？　を迎えたという訳だ。この後はやっぱりハネムーンという流れだろうか？　今夜二人っきりにならなければならないが、そこをどう乗りきればいいのか？　と考えた時、今回この茶番劇に付き合わされた一番の被害者である花婿さんの事に初めて気がついた。

いったいどんな人だったのだろう？　恐る恐る横を向いた。私の動作に気付いて向こうもこっちを見た。お互い見つめ合うというか、にらめっこのような形になって、はっきりと相手の顔を見た。

一瞬なんでお面を被ってるのだろう？　と思いもう一度よく見た。その瞬間、私の「ギャー」という悲鳴が会場中に響き渡った。私は慌てて席を立ちあがり走り出そうとしたが、打ち掛けが重くてうまく走れない。それでも裾をまくり上げ、なんとかドタドタと走り、会場を後にした。

母が私を追いかけて来るのがわかったけど、何も耳に入らなかった。鬼だ。般若だ。口が耳まで裂けた、口裂け般若だった。

ドタバタよろけながら走っていると、廊下の向こうに突き当たりが見えた。手前にはエレベーターがあったが、操作してる間に母に追い付かれてしまう。こうなったら窓から飛び降りるしかない。

窓は簡単に開いた。かなりの高さだ。ここから落ちたら即死だろう。でも考えてる暇はなかった。身をのりだし、前のめりになって下を向いた。文金高島田とやらの重さが私に味方してくれて、私は物凄いスピードで墜ちていった。

「夏子〜」という母の絶叫を最後に聞いた……。

母ロス

……ピピッ、ピピッ、ピピッ、午前9時にセットした携帯電話のアラームが鳴り出した。動悸が治まるのを待ってテレビをつけた。ワイドショーのリポーターが、有識者会議がどうのこうのと話している。今日は平成31年4月1日、月曜日。新しい元号が発表される日だ。

元号が変わる節目を迎えるのは人生2回目だ。前回、昭和から平成へと変わる時私は既に30歳くらいだった。でも、その頃の私は、見合い地獄よりさらに苛酷な人生最悪のピンチの真ん中にいた。だから新元号に興味をもつ余裕などなかった。

事態が好転し、日常を取り戻し始めた頃には既に、時代は平成に変わっていた。だから私にとって今回こそが人生初の改元の時。仕事に行くと新元号名を絶対どこかで小耳にはさんでしまうから、昨日、急遽職場にお休みを願い出た。そして昨晩ワクワクした気持ちで床についたが、なかなか眠れず、亡くなった母の事を思い出していた。

前回の改元の時、私のせいで、母も人生のどん底にいた。色んな人が私に手をさしのべてくれたけど、最後まで私を護ってくれたのは母だけだった。そんな戦友のような母と私の間には、愛情だけではなく憎しみも確かに存在していた。

母娘で憎しみあった頃を思い出しながら眠りについたら、冒頭の悪夢を見てしまったという訳だ。

そのままずっとテレビの前にかじりついていた。そして予定の時刻を少し過ぎて、時の官房長官が登場し「新しい元号は令和であります」と令和の額が掲げられた。

レイワ？　REIWA、れいわ……令和ってすごくいい響き、気に入った。前回とは対照的なハッピーな気持ちで改元の始まりを迎えられた事に感謝していた。

私にとって昭和の時代はいつも悩んでいた。平成でほんの少し楽になれた。そして今度の令和では、もう一度昭和をやり直せるような気がした。

仏壇の母に「新しい元号は令和だって」と報告した。大好きだった母は6年前に逝き、馬が合わなかった父も2年前に亡くなった。

結婚、結婚と煩く言う二人を黙らせるために冒頭のような作戦を画策した事もあったけど、そんな我が家の事情に他人様を巻き込むような事、できる訳もなかった。そして昔、予想した通り、私も妹も結婚する事なく、今は二人で暮らしている。今となってはやっぱりそれが正解だったと満足している。

母が召された直後は落ち着いていた私だったが、葬儀が終わると畳一枚で大海に放り出されたような心細さ、不安、恐怖に苛まれた。もしかして母があれほど結婚結婚と煩かったのは、エゴや世間体も確かにあったと思うけど、大半を占めていたのは、自分達が亡くなった後の我が子の行く末を心配する純粋な親心だったのかもしれないと改めて思った。

もしかして結婚とは親より大切な存在をつくるための制度なのかもしれない。一時はそんな風に考えていたが、あれから6年経ち、おかげさまで元気になれた。今ではいかず後家の気ままでしあわせな日常を楽しんでいる。

6年前の11月某日、母は友達と3人でランチした事がよほど楽しかったらしく、帰ってからもその余韻に浸っていた。珍しく父の機嫌もよくて私は母の肩をもみながら、あと3

か月で母も80歳、どうか無事傘寿《さんじゅ》を迎えられますようにと祈っていた。

ところが、その翌日の夜は「どうか母が今夜持ち直してくれますように」と祈っていた。その日の夕方、職場に妹から『母が救急車で運ばれた』と連絡が入り、慌てて帰り支度をしてJRに飛び乗った。

JRの中で再び電話が鳴り、母の死を告げられたら、どうしようと思うと怖くて、病院に着くまで電話よ、鳴らないで！　お願い！　鳴るな！　と命令するようにマナーモードに切り替え鞄の底に仕舞い込んだ。

そういえば今朝、駅に向かう途中、原付がエンストした。あれは引き返せのサインだったのかもしれない。そしてもっと早く会社を辞めていればよかった。お母さんごめん、お母さんがいつも元気そうにしてくれてるから油断してたと後悔し続けた。

ようやく病院に駆けつけ、親戚の本田陽子さんに案内されICUに入った。母はベッドで様々な器具をつけられ点滴を受けていた。意識はない。お母さん、ごめんね！　と謝り、母の手を握っていた。2、3回ぎゅっと強く握り返してくれた。そして時々起き上がろうとしたが、拘束バンドをつけられていたので起き上がれなかった。

起き上がろうとする母を見て私は安心した。大丈夫、今回もきっと持ち直してくれると思った。だから午後9時になって看護師さんに「何かあったら連絡しますので帰ってください」と言われた時、「今は落ち着いていますので拘束はずしてやってください」と言おうかどうか迷ったが、点滴が終わるまでは…と思って、そのまま帰った事を後で悔やんだ。もし忘れられていたとしたら寝返りも打てないストレスが死につながったのではないかと思ったからだ。だが、看護師さんがそんなミスするはずはないと思い直した。

翌日の早朝、看護師さんに呼び出され、すぐに妹と病院に駆けつけた。母の表情は昨日と同じく、特に苦しそうではなかったが、昨日まではたくさん繋がれていた点滴類がすべて外されベッドサイドモニターだけになっているのを見て、子供の頃から恐れていた事がもうすぐ現実になるという事実を、ちゃんと受け止めようと覚悟していた。そう、私の心は意外にも冷静だった。

昨日、母が何度か私の手をぎゅっと力強く握り返してくれた時、お別れができていたのかもしれない。大好きだけど、いつも反抗ばかりしていた。そんな母に対して素直に接するようになれたのは、人生のどん底を共に乗り越えた後だった。親孝行など何ひとつできなかったけど、母が笑っていてくれる事、元気でいてくれる事にいつも喜びを感じ感謝していた。

肩こりの酷い母のためにほぼ毎日肩を、時間のある時は全身をもんでやっていた。母の手足の爪を切るのも私の仕事だった。憎しみ合った時期もあるけど、最後はいい関係を築く事ができた。

がんと診断されてから5年、痛いと寝込む事はあったが、80歳手前まで元気で生きてくれた。嘆くよりその事に感謝しようと思っていた。

妹と私が片方ずつ母の手を握り、そして陽子さんも駆けつけてくれて母を見守ってくれていた。陽子さんが「おばちゃん、あとの事はなんにも心配しんでもええしな」と言うと、その言葉に反応するように母がまた私の手をぎゅっと握り返した。そして母の血圧や心拍数等がみるみる下がってゆき、母は静かに仏様になった。私も静かにお母さんありがとうと伝えた。

母がいつも「そんなとこ、早く辞めろ」と言っていた会社に電話した。

「母が亡くなりましたので今日は休みます」と淡々と報告して、すぐ切った。

エンゼルケアを終えた母と霊安室で対面した時、母は綺麗にお化粧を施され微笑みを浮かべていた事に驚いた。さっきと表情が違う。この笑顔こそが母の人生を物語ってると思いたかった。

子供の頃は、顔に白い布をかけられた母を想像するのも怖かった。母が死ぬ時きっと私はギャーギャー泣き喚き、母との思い出が、ごーっと走馬灯のように頭によぎるんだろうと想像していたけどそんな事は全くなかった。

5年間母を診てくれた先生と看護師さんに見送られ、霊柩車に乗って私達は我が家に帰った。家には既に陽子さんが報せてくれた親戚達が集まってくれていた。

翌日の通夜も翌々日の葬儀も、私は泣かなかった。火葬場で骨だけになった母を見た時でさえ冷静だった。

私は、30歳を過ぎた頃から泣かなくなった。涙ぐむ事はできても、ぼろぼろ涙で頬をぬらす事はできない。おかげさまで、葬儀の最後の挨拶は高齢の父に代わって私が母への思いをしっかりみんなに伝える事ができた。いくら立派な弔辞を考えたところで、実際は悲しみが込み上げてちゃんと読めないに違いないと思っていたが時々涙に詰まる演技をするほどの余裕だった。

なんで私は泣けないいんだろう？　取り乱さないいんだろう？

家族葬だったけど意外にも沢山の人が参列してくれた。そのうちの誰かが言っていた幸せな人生やったという言葉に「どこが？」と思ったが、そんな誤解が嬉しかった。

葬儀の後、うちに戻り、親戚たちがだんだん帰ってゆき、家には父と妹、そして陽子さんと私だけになった。改めて、母のいない状況が現実としてのしかかり、不安で堪らなくなった。

私にとって父も妹も家族というには遠い存在だった。樹木に例えると、母が幹で私と父と妹は枝だった。幹がなくなると枝も自然に落ちてしまう。そんなばらばらの家族だった。独りぼっちになってしまったと感じた。だけどやっぱり涙は出てこない。いくら泣かない私でもさすがに母が死んだら泣くだろうと思っていたけど予想ははずれた。泣くという行為は悲しみを浄化させてくれる。だから泣きたくて仕方なかった。

泣けないから母の死をどう悲しめばいいのかわからなかった。母の気配がしない家にいるのは、時間と空間に押しつぶされそうで、怖くてたまらず、気が変になりそうだった。何をしていても落ち着かない。朝昼は動悸も激しかったけど、夜になり辺りが暗くなると少し落ち着きを取り戻していった。

平成20年の秋、その日も夜遅く帰宅した私は、バタバタと母親の部屋に行き、「どうやった？」と聞いた。

「やっぱり……」と母が答えたので、検査の結果が黒だとわかった。やはりC型肝炎ががんに進行していたのだ。

父から「明日担当医から現在の状況と今後の治療方針についての説明があるから、夏子も同席してや」と言われ、長女としての当然の務めだと思い頷いた。でも翌日、母の病室に看護師さんが呼びに来た時、私は怖くて震えていた。その様子を見た母が「あんたここでテレビでも見てるか？」と言って、父と2人で出ていった。私はすぐにテレビを消し、たった今、両親が出ていった方向に向かって祈り始めた。

『神様、どうか希望の持てるお話ですように！　少しでも希望があれば私はその希望を2倍にも3倍にも広げてみせます。どうか母をもう少し生かせてやってください』

神様だけではなくて、母の肝臓で生きているがんにも語りかけた。

『がんさん、どうか母の体の中でいつまでもおとなしく長生きしてください。貴方はとても性格のいいがんさんだと信じています。どうか暴れたりして母を困らせないでくださいね』

2人が帰ってくるまでの約40分間、必死に祈り続けた。あんなに真剣にお祈りしたのは後にも先にもあの時だけだ。

手術はできないけど、肝動脈化学塞栓療法でがんを封じ込める施術をしてゆくと聞いて安心した。

その後、父は帰り、ひさしぶりの母娘2人水入らず、なんだか私がまだ無垢な子供に戻ったような、しあわせな時間を過ごした。

いつものようにテレビを見ながら母の肩を揉んでいると平成23年の7月、テレビはアナログ放送を終了し地上デジタル放送を開始するというコマーシャルフィルムが流れた。なんとその日は私のバースデーイヴではないか。3年後の地デジ開始の日も母の肩を揉めますように！という願いをこめて『誕生日、地デジ見ながら母の肩』という川柳を作った。

そして3年後の私の誕生日、無事その願いは叶えられた。地デジどころか、さらにその後2年も生きてくれた。冠動脈化学塞栓療法も8回くらいやった。がんが進行するにつれて、母が痛みに耐えきれず大声をあげたりしたらどう対処したらいいか心配していたが、時々強い痛みはあったようだが母は無言で耐えていた。痛みだけではなく、母が死の恐怖を口にする事もなかったが本当は怖かったのかもしれない。そして陽子さんに会うたび「私が死んだら夏子と富悠子の力になってやってね」と頼んでいたらしい。

陽子さんは亡くなった従兄弟の奥さんで、うちから徒歩5分の所に一人娘の純子ちゃんと2人で暮らしている。私達とは血の繋がりはないが、本当に面倒見がよく頼りになるお姉さん的存在で、約束通り高齢の父と頼りない2人の娘のために色んな場面で力になってくれた。

母のいない世界

母の死から1週間経った頃、父から私と妹に何冊かの預金通帳を渡された。自分の貯金がいくら貯まっているかは全く興味はなかった。それらは母に固く管理されていたので、自分の物でも1円たりとも自由に使えなかったからだ。

「今まではお母ちゃんが管理していたけど、これからはお前達の自由にしろ」と言われた。中を見ると私が思ってた以上の金額が表示されていた。父の退職金や、株でもうけたお金も私達姉妹に折半して入金してくれていた。

やっと絵に書いた餅ではなくなったが、当時の私にはお金は猫に小判だった。

翌月クリスマスの頃、部屋の片付けをしていると「夏子」と霊感のない私でもはっきりと母の声が聞こえた。「来た～！」と思った。人は天に召されると、まず生まれてから死ぬまでの一生をスクリーンで見せられると聞いた事がある。もし母がそのスクリーンを見たら幼稚園の時、母の帰りを待つだけの時間がどれだけ長くて辛かったか、結婚、結婚と追い詰められどんなに精神的苦痛を味わったか初めて母が知るところとなり「夏子ごめんね」と謝りに来てくれるはずだと思っていたのだ。

やっぱり来てくれたんやと思い、すぐに仏壇に向かった。

『お母さん、私の方こそごめんね！　あの日看護師さんに帰ってくださいと言われた時、私だけでも集中治療室に残らせてもらって最期の時間を一緒に過ごしたら良かったとずっと後悔していた。本当に1人にさせてごめんな』と母の遺影に謝っていた。

でも母が私に伝えたかったのはそんな事ではなく、もっと現実的な事だった。正解は陽子さんが教えてくれた。数日後、陽子さん宅に呼ばれた。

「今朝、おばちゃん（母）が夢枕に現れて『タクシーの運転手を養う義理はない』と怒ってたわ」と言われた。運転免許証を返納した父の移動手段は専らタクシーで、父が外出する時はお気に入りのドライバー桝田さんに来てもらっていた。

一度同行した陽子さんが驚きの光景を目撃したそうだ。父が桝田のタクシーで目的地に着いた時、千円ちょっとの料金で1万円を渡しておつりは受け取らない。驚いたのはその後だ。用を済ませた父を再び乗せて向かう場所は、我が家ではなくてスーパーマーケットだ。そこで父は桝田と陽子さんに店の籠を渡したそうだ。陽子さんは何も買わなかったが、桝田は籠が溢れるほどに買い物したらしい。レジ打ちの時にその内容を見ていたら、高級なお肉やうなぎ等も沢山入っていて、料金は3万円近くになっていたというのだ。勿論支払いは父だ。

それにしても桝田の妻は頻繁に高級食材を持って帰ってくる旦那に「貴方、そんな事はもうやめなさい」とは言わなかったんだろうか？　母は父のこの行為をやめさせたくて、私に伝えようとしたのだが、通じなかったので少し霊感のある陽子さんに訴えたのだろう。

他にも父の入れ歯の事も言っていたらしい。また別の日、こんな事もあった。

「夏子、これ須賀さんに渡しといてくれ」と分厚い封筒を渡された。須賀さんというのは修理をお願いした電器屋さんで、今まさに帰ろうとしていた。本来なら中を確かめて、お金だったら自分の懐に納めるべきところだが、私は中を確認する事なく、言われた通り「これ父からです」と言って渡した。

父がそんな呆けた状態になっていても、「どうして渡さなかったんや」と後で怒られるのが怖かったからだ。幸い須賀さんはまともな人だったので「こんな大金受け取れません」と後で返しに来てくれたそうだ。

桝田には腹が立ったが、母は今でも天から私達を見てくれているとわかった事は嬉しかった。そしてその日から毎晩、仏前に母にその日あった出来事を報告する事にした。最初は一方通行のようだったが、だんだん母と会話してるような気がしてきた。

元旦、陽子さんの家に呼ばれ、豪華なお節をご馳走になった。お正月が過ぎ、相変わらず母の気配のしない我が家にいるのは、耐えられなかった。

母の友人の紹介で週に3回老人ホームでボランティアを始める事にした。敷地内の庭木の剪定や草取りをしていると不思議と心は落ち着いた。帰りはおいしい珈琲とお菓子をいただいた。その時、そこの施設長とのほんのわずかなお喋りや、近くの神社に参拝し、その辺りの野良猫と触れあう時間がささやかな楽しみとなった。そして1時間くらいかけて自宅に帰る。

毎日を〝死ぬまでの暇潰し〟のような感覚で生きていた。そして死ぬまでにやるべき事、やってみたい事を箇条書きにしてみた。

1、昔の日記や不要な物を処分する事
2、母は生前、水墨画や俳句をやっていたがその作品をじっくり鑑賞する事
3、お遍路さんを始める。そして結願《けちがん》する事
4、もう一度マーゲイトに行く事
5、猫を飼う事

6、家をリフォームする事
7、自分史を書く事

お父さん、認知症になってくれてありがとう

夏、転機が訪れた。父が食べ物が飲み込みにくいから病院に行くと言い出したので、例によってまた桝田のタクシーで陽子さんと妹と私の3人で病院に付き添った。その結果、肺に異常が見つかり入院する事になった。

昼は妹、夜は私が父の刻み食の介助に病室まで出向いた。パーキンソン病も患っていたので入院中に車椅子に乗ることになった。

私と陽子さんは、食事も一人で摂れないし歩けないのだから、必然的に父の帰る場所は自宅ではなく施設だと考えていた。

市役所の人に来てもらい、認知度を調べてもらった。父は母より8歳年上の高齢だし、桝田に対する異常な行為も認知症のせいに違いないと思っていた。

2、3週間後、要介護1という通知をもらった。要介護1と認定されたなら、施設への入所が可能になる。

私は嬉しくてバンザーイと叫びたい気持ちだった。なぜなら、もし母が生きていれば父を施設に入れるのは可哀想だから自分が介護をすると言い出したに決まってる。それでは老老介護どころか病老介護になってしまう。だから、母が父の介護をする事にならなくて本当に良かったと初めて母の死を肯定的に捉える事ができ、少し楽になれた。

私と陽子さんはすぐに施設を探し始めた。

最初満杯だと断られたグループホームに空きが出たと連絡があったのは、父の退院日の少し前だった。小さいけれど個室で、扉を開ければそこは共有スペースになっていて、同世代の利用者さんが寛いでるし、若いスタッフさんもいる。そこなら家から徒歩10分だし、父の最期を迎える場所としては理想的だった。

私はグループホームから用意するように言われた物に父の名前を書いていった。私が小学校入学の時、両親が夜中までかかってお道具箱の中の物にひとつひとつに名前を書いてくれた事を思い出した。

退院の日、父は今まで散々悪態をつきまくった看護師さん達に、「退院おめでとうございます」と言葉をかけられ泣いていた。看護師さん達も、さぞかしせいせいしていた事だろう。でも看護師さん以上にせいせいしていたのは私だ。もう家で父親の姿を見る事はないんだ、うるさい人がいなくなって少しは肩の荷もおりると「ほっ」としていた。

私達はそのまま我が家を通過し、父の新しい住みかの施設に直行した。私はこんなに簡単にいい受け入れ先が見つかるなんて、しかも父が施設に入る事をよく承知してくれたなぁ、まるで奇跡のようだと感激していた。

そして、ふと生前の母との会話を思い出した。

「もしお母さんが死んだ後、お父さんが認知症になったとしても、私にお父さんの介護なんて絶対無理やし」と冷たい事を言うと、「お父ちゃんの介護なんてしなくていいよ。そのかわり民生委員と陽子さんに相談していい施設入れてやってや」と言った。

きっと母が天から取り計らってくれたに違いない。

介護のお仕事

初盆が近づいていた。

暑いのが苦手な私は、屋外での作業が辛くて老人ホームでのボランティアはお休みしていた。でも相変わらず母のいない家にいるのは辛かった。保険会社に勤めていた時のお客様のご家族がデイサービスセンターを経営されている事を思い出して、今度はそこで週1回ボランティアをする事になった。

それがきっかけで介護施設デイサービスセンターミツイシで正式にパートとして働かせ

てもらえる事になった。

ただ、介護の仕事が私に勤まるのだろうかと思う以前に問題だったのは、週3、4回通うには場所が遠すぎた事だった。

前の保険会社と通勤時間は同じくらいだが、乗り換えを4回もしなければならない。前の職場にいた時、母から「そんな遠い所はやめろ」と散々言われてきたのに、また同じ事をしようとしている。

『お母さんごめん、せっかくご縁があったしスタッフさんはみんな魅力的な人達、利用者さんも個性的でユニーク、暫くそこでパートとして働かせてもらう』と母の仏前に報告した。

私は入浴介助やレクリエーションで1日中バタバタと動き回っていた。あるスタッフさんから「毎日イキイキしてるやん、楽しい？」と言われた時は「いや、仕事が楽しいだけのはずないし」とちょっと反発を感じた事もあったが。

レクリエーションで印象的だった出来事がある。脳トレの一環として、時々しりとりや言葉遊びをしていた。その日は「き」で始まる言葉を順番に答えてゆくゲームをした。「き」というと必ず、もうすぐ100歳、最高齢元気一杯の森田さんが『き○がい』と放送禁止用語を仰るのだ。以前、き○がいの1歩手前までいった事のある私はそのたびドキッとしていた。でもその日は違った。私が「金太郎飴」と答えると森田さんが急にゲラゲラ笑い出した。もしかしたら別の言葉を連想したのかもしれない。

森田さんの順番が回ってきたと同時に、永谷センター長が「森田さん、もうすぐ入浴ですよ」と知らせに来た。すると彼女はセンター長に向かって「あんたのき○○ま」と答えたのだ。き○○まだけならともかく、「あんたの」と付けるなんてセクハラだーと思ったが、センター長は何事もなかったように、「何をバカな事言ってるんですか」と言って森田さんを女性スタッフに任せた。

さて森田さんの入浴介助は私もやらせていただいた。いくらお元気で頭がいいといっても最高齢、一瞬の油断が怪我や死に繋がるので、いつも細心の注意を払っていた。

今にも呼吸が停止してしまうんじゃないかと心配な利用者さんもいらした。彼女が私の入浴介助中、本当の極楽にいってしまわれたら、私は警察の取り調べを受けなくてはならない。そう思うととても怖かった。

洗髪の時……色々文句を仰る利用者さんには、「頭頂部終わりました〜」「後頭部終わりました〜」「サイド終わりました〜」「次は髪を洗い流しリンスにまいりま〜す」と実況中継しながらやった。勿論、大抵の利用者さんは、「あー気持ちよかった。ありがとう」とお礼を言ってくださる。そのお言葉は嬉しかったが、一度でも母の背中を流したり洗髪した事があっただろうかと考えると複雑な気持ちになった。

帰りの電車の中では疲れ果てて爆睡し、降車駅を乗り過ごしては引き返すという事をほぼ毎回やっていた。一年半ほどやらせていただいた頃もうそろそろ辞め時というより卒業時だと悟った。本当にそこでは色んな事を学ばせていただいた。介護施設で働くのが初めてだった私にも、そこはスタッフさんの意識も高くて最高クラスの施設だという事がわかった。

父の認知症で母の死を受け入れる事ができ、少し楽になれた私をこの職場はさらに元気にしてくれた。だからもう次のステップに進まなければ。だけど本音を言えば、また履歴書を書いて仕事探し？　邪魔くさいなぁと思い、相変わらず流れに任せていた。でもその頃から目覚まし時計も携帯電話のアラームにも気がつかなくて遅刻を繰り返し、みんなに迷惑をかける事が多くなってきた。

ある日起きたら始業時刻の30分前で遅刻確定の状態だった。だけどあえて職場に連絡しなかった。大急ぎで支度し、仏壇の前に座り、「お母さん、安心して、今日必ず辞めてくるね」と母の遺影に語りかけてから家を出た。

いくら私がねぼすけでも携帯のアラームに気がつかないなんてあり得ない。きっと「ええ加減に辞めろ」という母からの指針に違いない。帰り道で慌てて転倒事故を起こし、救急外来に駆け込んだ事もあるから、それも当然かもしれない。

センター長から電話があったのは電車の中だった。その時「もうここを卒業します」と言えた。

お世話になった介護施設を辞めて、まずスポーツクラブに入会した。デイサービスセンターで氷の上を歩いてるかのような利用者さん達を見てきて、普通に歩ける事がどれだけありがたいか思い知らされた。年をとっても自分の脚で歩けるように、そして筋肉をつけるために週2、3回そこで汗を流す事にした。

翌月死ぬまでにやりたい事のひとつ、お遍路さんを始めた。最初は区切りうちで20か所の札所を回った。

マーゲイトへ

その3か月後にはなんと海外旅行をしてしまった。母が亡くなった直後、色んな人に旅行を勧められたけど、とてもそんな気持ちになれなかった。でも2年経ち、なんとなく海外旅行のパンフレットを見ていたら、行きたくなって、翌日バルト3国のツアーに申し込みに行った。

出発日の前夜、忘れ物がないか最終確認していた時だった。『パス』という押し潰したような声が聞こえた。

パス？　パスって何？　パスパスパスパス、あ、パスポート！　今回新しくパスポートを取った時、一番大切な物だから、真っ先にショルダーバッグの奥のファスナーの中に仕舞い込んだ。その後、バッグをもう少し大きめの物に替えた時、ファスナーの中のパスポートはそのままにしていたのだ。慌てて古い鞄からパスポートを取り出し、「お母さんありがとう」と呟いた。

そのツアーの参加者は13人で、1人参加は私だけだったけど、どこへ行っても素晴らしい景色、添乗員さんもツアーの参加者さんもみんないい人達で最高に楽しい旅行だった。

それから2か月後、今度はイギリスのツアーに申し込んだ。死ぬまでにやりたい事のひとつ、マーゲイトに行くためだ。

ヨーロッパを半年間一人旅したのは40歳の時の事。最初はイギリスのマーゲイトという町の小さなホテルに3か月滞在した。マーゲイトを選んだのは、ロンドンからわりと近いし治安も良い。それになんとなく名前が気にいったからだ。

マーゲイトを拠点にコーチでロンドンやカンタベリー、ドーバーやカーディフ等、色んな街に行った。その他の日は、のんびり海を眺めたり買い物や散歩を楽しんだりした。

特に物珍しいものは何にもない田舎町だったけど、その町でリタとカーラに出会った。着いたばかりの頃、スーパーに食料を買いに行った。何を買おうかと商品を見ていた時、突然ホームシックになり涙ぐんでしまった。その時たまたま近くに居合わせたリタとカーラが声をかけてくれた。

二人は私の買い物に付き添ってホテルまで送ってくれた。そのちょうど1週間後、私はもう一度彼女達にどうしても会いたくなって、朝から二人に会ったスーパーの前に立って、来るかどうかもわからない二人をずっと待っていた。

奇跡は起きた。遠くから私に気づいたカーラが「ナツコー」と大声で呼び、手をふってくれ再会できた。

そしてある日、私の泊まってるホテルに二人は日本人の英子を連れて来てくれた。私たちは英子に通訳してもらいながら色んなお話をした。次に英子に会った時は、英子の息子さんケインも一緒だった。あまり子供好きではない私は、特に彼に話しかけたりする事はなかったが、そのまた次に会った時、ケインは「ナツコー」と10年来の友人に会ったかのように、笑顔で手を振ってくれた。

その日から、私は可愛くて頭のいいケインにメロメロになった。日曜日の度にリタの家に行ってみんなでランチをごちそうになった。

マーゲイトを発つ前の日曜日、「今日のランチは私が作る」と、ロンドンで買ってきた材料でなんとか料理らしき物とデザートを作り、遅くまでリタとカーラ、英子と英子の旦那様、ハセンとおしゃべりした。そして帰国してから何度かリタから手紙をもらったけど、日常に忙殺されて時間だけが過ぎていった。

あれから17年、当時70歳くらいのリタはまだお元気なのだろうか？　カーラは50歳をちょっと過ぎた頃だろうか？　そして当時2歳でよく泣いていたケインはどれだけイケメンの青年に成長しただろう？

私はリタに拙い英語で手紙を書いた。

『私の事覚えていますか？　今度ツアーでイギリスに行きます。最終日の○月○日リタの家を訪ねる予定です。お会いできますでしょうか？』

それと英子の実家にも電話した。

お母様から「英子は今はイギリスの別の街で暮らしている。残念ながらリタは少し前にお亡くなりになった」と知らされた。


さてイギリスのツアーも1人では絶対に行けないアフタヌーンティーや夜のロンドン等も体験できて、とても楽しかった。そして最終日の自由行動の日、私は添乗員さんが差し出した『単独行動中、何があっても当社は責任を負いません』という離団届けにサインをしてマーゲイトに向かった。

マーゲイトの駅に着いた時は、大荒れだった天気もリタのフラットに着く頃には雨風はおさまり晴れ間が見えていた。日本から持ってきたお線香をフラットの玄関前の地面にさして、燃え尽きるまで天国のリタに語りかけ冥福をお祈りした。

その後天気はすっかり回復し、当時泊まっていたホテルの辺りやリタと会ったスーパー等を巡り、もう、みたび来る事がないであろうマーゲイトに別れを告げた。


さて、17年前そのマーゲイトから始まったヨーロッパの旅だが、20代で母にヨーロッパを一人旅したいと言った時は一蹴されたが、39歳の時、「人生そろそろ折り返し地点やから行かせてほしい」と再びお願いしてみた。

C型肝炎を患っていた母は「行ってもいいけどあんたが帰ってくる頃にはお母ちゃん死んでるかもしれへん。それでもいいか？」と聞かれた。そんな脅しにのってたら一生やりたい事はできないので「構へん」と答えた。

半年間の海外一人旅

長く勤めた会社を辞めて1週間後の春爛漫の日、私は母と関西空港にいた。翌朝早い便なので、前乗りし関空近くのホテルにチェックインした。翌日の搭乗手続きの場所の下見、食事等を終えて、母と再びホテルの部屋に戻って来た。

少し休憩した後、母を駅まで送っていった。別れの時、母が涙ぐんでいるのを見て、つい「また電話する」と軽い気持ちで言ってしまった。それが間違いだった。

翌朝、無事機上の人になれた私は、緊張しながらもわくわくしていた。人生3回目の海外旅行、前回2回はツアーで友達が一緒だった。でも今回は半年間の一人旅、絶対無事に帰ってくるために、1．夜の外出や移動はしない事。2．新しい街に着いたら早めにホテルを見つけ夕方にはチェックインする事。3．現地の人の意見には素直に耳を傾ける事。4．冒険しようとしない事、と自分に言い聞かせた。

飛行機は何回乗っても怖かったけど、保険に入っていたので、「墜ちたら1億円、死んだら1億円」とおまじないのように唱えていた。

13時間後、ロンドンヒースロー空港に到着、空港近くのホテルに1泊し、翌日ロンドンビクトリア駅から電車に乗り1時間40分後、マーゲイトに着いた。

街を散策しリタ達と会っている頃、日本の我が家では大変な事になっていた。関空で別れる時、私が「また電話する」と軽く言った言葉を『ロンドンに着いたら電話する』と勘違いしていた母は「もうとっくに着いてるはずなのに連絡がこない。事故か事件に巻き込まれているかもしれない。どうしよう」と陽子さんに泣きついたらしい。陽子さんからホテルに電話があった事を、外出先から帰った私はドアに貼られたメモで知った。

すぐに家に電話すると、母は心から安堵したようだった。私も母の体調が心配で「病院にはちゃんと行っているの？」と聞くと、「病院なんか行ってる場合か」と怒られた。

マーゲイトで3か月ほど過ごし、また家に電話した。7月の10日前後にロンドンからフランスに渡るつもりだと伝えると、「あんたまだ続けるつもり？　もうそろそろ帰って来たら？」

「いやいや、これからが本番やから、あとまだ3か月は帰らへん」

「お母ちゃんなぁ、この前の腫瘍マーカーの数値が悪くて、今度精密検査受けるんや」と言われた。

C型肝炎が、がんに進行したのもしれないと心配になったが、帰ろうとは思わなかった。フランスにはユーロスターで行くつもりだったけど、母がそんな状況の時に楽をする気にはなれなかったので一番しんどい方法で行く事にした。

夜の移動はしないと決めていたが、数日後の午後9時頃、混雑するロンドンのコーチステーションからフランス行きのバスに乗り込んだ。満員の車内は暑い、汗臭い、鼾で煩いと快適ではなかった。

ドーバーで「パッスポートプリーズ」と係員が乗ってきたので用意して待っていたけれど、係員は数人の分だけ確認して出ていった。その後、フェリーでドーバー海峡を渡り、フランスのカレーに着き、再びコーチに乗り込み、パリのはずれの、地下鉄の駅に着いたのは朝の5時頃だった。

マーゲイトを発つ時、リタから「ロンドンはマーゲイトと違って悪い人が沢山いるから気をつけてね」と言われたが、ロンドンでも「フランスはイギリスと違って悪い人が沢山いるから気をつけろ」と言われた事を思い出した。

そのまま地下鉄でリヨンまで行き、駅で母に電話すると、検査の結果は大丈夫だったとの事で安心した。そしてその日から、毎日母に絵葉書を送る事にした。

夕方リヨン駅近くのホテルにチェックインしたが、イギリスでは感じた事のない不快な暑さに見舞われた。エアコンも扇風機もなく、暑くて眠れない。冷蔵庫を開けっ放しにして、その前で眠ろうと思い付いたが冷蔵庫は作動しておらず、ついにキレタ。

翌朝逃げるようにリヨン駅に向かい、そこで初めてユーレイルパスを提示してバリデーションスタンプを押してもらった。ちょうどマルセイユ行きのTGVが発車するところだったので、慌てて、それに乗りこんだ。

これから3か月間、そのユーレイルパスでヨーロッパ17か国を縦横無尽に、自由気ままな旅ができる。しかも冷房付きの1等車で。

暫く走ると、放牧された牛馬が草を食む緑の大地や、一面の向日葵畑等が見えてきた。この車窓から眺める美しい景色こそが今回の旅の目的そのものだ。

インターシティエキスプレス、X2000、タリス、タルゴ等色んな列車に乗り、車窓から様々な景色を眺めた。ロッテルダムの車窓から見えたスマートで近代的なビル群、サンモリッツへ向かう氷河急行は、アルプスのど真ん中を走り抜ける。標高の高い所では自分が雲に包まれているのが実感できた。

ベルンからブリーグまでの車窓は想像以上の絶景だった。逆にサンモリッツからトリノに向かうベルニナエキスプレスは、急行とは名ばかりのノロノロ運転で、車窓からはホラー映画のロケ地に推薦したいような妖しい風景が見えてちょっと怖かった。

ルクセンブルクでは闇旅をしてみた。

駅に着いて最初に来た電車に乗りこみ、ずっと目を閉じていた。車掌さんが告げる駅名の響きが気にいった駅で降りてみた。そこは凄い田舎で、道なりに歩いてゆくと教会の前で村祭りが行われていた。揚げたての小魚やポテト等の屋台がいくつか並んでいる。物欲しげな顔をしていたら、私にも恵んでくださった。

車窓だけでなく、駅や車内でも時々珍しい光景に出会えた。車掌さんが乗客の小さな男の子のポテトチップスの袋を取り上げバリバリ食べ始めたので驚いていたら、なんと2人は親子で、しかも奥さんは日本人、車掌さんも日本語はペラペラだった。幸せを絵に描いたようなご家族と少し会話できた。

ジュネーブの駅の出口には、人間1人と大きな犬1匹がいた。多分、麻薬探知犬かなんかなんだろうけど「俺たちゃ最強のバディだぜ」と言わんばかりの犬の表情が面白かった。

でも、いずれも駅から出れば、容赦なく照りつける太陽に閉口した。

冬は荷物が増えるからという理由で、旅の本番を夏にした事を後悔していた。当時のヨーロッパにはエアコン付きのホテルはあまりなかったので探すのに苦労した。見つけられなかった場合は暑さに悶絶する事になる。

涼を求めて北上しリレハンメルに辿り着いた。5年前冬季五輪が開催されたという華やかさは既に消えていたが、とても涼しかった。

森の中のホテルにチェックインした。

私は快適なリレハンメルから離れられなくなってしまい、2週間居続けた。プールサイドのデッキチェアに寝転んで、日本から持ってきた本を読みながら何時間も過ごした。

リレハンメルを発ってからも地中海沿岸のサンラファイルの砂浜でパラソル付きの椅子を借り、トロピカルドリンクを飲みながら読書を楽しんだ。夏の盛りも過ぎ、海水浴客も殆んどいない海辺はまるでプライベートビーチのよう。波の音に耳を傾けたり、時々上空を飛ぶ飛行機を発見したり、そんな風にゆったり過ぎてゆく時間を楽しむのも、私にとっては旅の醍醐味だ。もしこれが真夏だったら、このビーチもヌーディスト達で溢れかえっていたのかも？　だとしたらきっと落ち着かなかっただろう。

子供の頃からなんとなく憧れていたが、実際行ってみるとがっかりした街も意外と多かった。

糞はいたる所に落ちていた。犬や鳥の物、そして馬糞だ。おかげで駅に着いたとたん、この街には馬車が走ってると臭いでわかるまでになっていた。

ベルゲンでは、このまま北極圏まで行けばオーロラが見られるかもしれないと思ったし、スペインのバレンシアでは、海の向こうのアフリカ大陸の活気ある光景が肉眼で見えた。行ってみようかと思ったが予定外の事、冒険はしないと決めていたので、オーロラもアフリカ大陸も断念した。

小さな災難も色々あった。

フランスのアヌシーでは犬の糞をまともに踏んでしまった。1等車に座っている東洋人の私を不審に思った乗客に、しつこく切符は持ってるのかと絡まれた事もあった。でも1番怖かったのは、自分の中に狂気のような感情を再発見した時だ。

リレハンメルでジャンプ台に昇ろうと、軽い気持ちでリフトに乗った。乗ってから気づいた。

安全ベルトも何もない、ただ椅子に座っただけの状態で足も宙ぶらりん、2人乗り用なので、もう1人分のスペースがなんとも心許ない。お尻が浮くような感じがする。お尻を滑らせたら一巻の終わりだ、下には深い谷が広がっている。しがみつけるのは右側の鉄柵だけ。怖い、落ちたらどうしよう。その時、『この恐怖から逃れる方法はひとつ。実際に落ちてしまう事だ。落ちてしまえば落ちるかもしれないという恐怖から逃れられるよ』という悪魔の囁きが聞こえた。

私には昔から恐怖や不安にさらされると、いつもそんな破滅的な考えをしてしまうところがあった。そういうとこ、まだ治ってなかったんだ。下を見ると針葉樹がおいでおいでと手招きしているように感じる。

墜ちたら楽になれるよという誘惑に耐え、「まだ死にたくない」とぎゅっと目を閉じ、必死に鉄柵にしがみついていた。すると復路のリフトに乗っていた母子が「ここよ、ここを下ろすのよ」と教えてくれた。

言われた通り、リフトの上にある物をひっぱったら、バーが下りてきて足を乗せる台もでき、体が固定され体勢は安定した。


ボルドーでバスを乗り間違えた時、一緒に降りてくれてホテル行きのバスがくるまでずっと付き添ってくれた10歳くらいの少年もいた。

私は色んな街で、片膝をついて空き缶を差し出し商売をしている人達を見てきたので、彼もそういう種類の人かと思ってコインをわたしたら、「ノン」と手を払いのけられた。

彼のような純粋な親切を沢山受け取った。

サウンドオブミュージックのロケ地を巡るツアーで行動を共にして、ミラベル広場で「またね」と別れたアジア系の青年。コンパートメントでずっと一緒だった若いスペイン人カップル。ジュネーブの大噴水の向こうに架かっていた虹、ツェルマットから見たマッターホルン、ブルージュやストックホルムの街並みの美しさ、沢山の笑顔や景色を思い出す。

ポルトガルやギリシア等、行けなかった国もあったが、リヒテンシュタイン等小国も含めて15～16か国を廻る事ができた。今回の旅で事故や病気、災難に見舞われても、充分な補償を受けられ、死亡の時は母を受取人に1億円の保険に加入していたが、おかげさまで一度も保険のお世話になる事なく、同年秋、無事帰国できた。

家に帰ると、毎日出していた絵葉書はすべて届いていた。母は、届いた順番にクリアブックに入れて綺麗に保管してくれていた。絵葉書は毎日届くのではなく、3通くらいまとめて来ていたそうだ。それでも、毎日郵便受けを見に行き、何度も読み返し、友達にも見せていたらしい。そしてクリアブックを胸に抱いて「これは私の宝物や」と言ってくれた。

何ひとつ親孝行した覚えがない私は、お母さんに宝物と呼べる物をプレゼントできたと嬉しく思った。

そして親孝行ついでにもうひとつ、約10年間家庭内絶交をしていた父親と一応和解した。私は一生父と口をきかなくても後悔しないと思っていたが、母のために私から折れた。といっても、それ以降も積極的に会話はしなかったが。

それにしても、母が私の死亡の代わりに1億円を受け取っても喜ぶはずがないのに、私はどうしてそんな高額の保険に加入したのだろう？　そして思い出した。もし私が死んだら、母は最初は半狂乱になるかもしれないが、人間というものは深い哀しみを忘れる事はできなくても時間の経過とともに現実を受け入れる事はできるはず。その悲しみを抱えながら生きていこうと少し前向きになれた時、お金は邪魔にならないと考えたからだ。なんだ、その当時から私は既にわかっていたのだ。立場は逆だけど、今の私がまさにそうだから。

母の死から1週間後、父から預金通帳を渡された時は、欲しい物等何もないと思ったけど、現在の私は母のいない現実を受け入れ、それなりにお金も使い、結構物欲を満たしているではないか。

結婚していないと同情されたり警戒されたり不愉快な事は多々あるけれど……

帰国から1年後、ようやく正社員の仕事が見つかった。自分には絶対向いてないと思っていた生命保険会社の営業の世界に飛び込んだのは、「新規の契約はとらなくてもいい」という言葉を真に受けたからと、ほんの少しだけど数字を競うシビアな世界を体験してみたいというあこがれのような気持ちもあった。

この時、私は42歳、この年になればさすがに結婚がどうのこうのと、からかわれる事はないだろうと思っていたが、それは甘い考えだった。母の言っていた『結婚しなかったらばかにされる』という言葉を、ここでも思い出す事になる。

ある町で契約者との面談を終え、奥様に駅まで送ってもらう車の中で、「貴方こんなに夜遅くまで働いてご主人何も言わないの？」と聞かれた。

「いえ、私結婚してませんから」と答えると、「あらごめんなさい。悪い事聞いちゃったわね、ホホホ」と謝られた。

『どうして悪い事なんですか？　さっきあんたの旦那見たけど、あれと一緒に暮らしてるあんたの方が私からしたらずっとお気の毒なんですけど』と言いたかったけど我慢した。

「結婚だけが幸せじゃないから大丈夫よ」と言ってくださるお客様もいらした。それもちょっと違う。私は結婚が幸せだと思った事は一度もない。勿論不幸だとは思わないが、結婚は超マイペースの私には忍耐でしかない。

それに〝ソーリーマン〟桂啓さんもいた。入社してすぐご契約いただいた桂さんとは長いお付き合いで、色々とお世話になった。ご入院された時はお見舞いがてら病室まで書類をお届けした事もあった。その桂さんから久しぶりにお電話をいただいたのは奥様がお亡くなりになってちょうど1年後だった。

「杉田さん、僕、再婚しましたので、受取人変更のお手続きをお願いしたいんですけど」

「おめでとうございます」と言おうとした時、「杉田さん、ごめんね、僕が再婚した事、本当にごめんね！」と謝られてしまった。

どういう意味？

桂さんの事を男性として意識した事は一度もない。でも、普通のお客様以上の気持ちは持っていた。それは彼の亡くなった奥様とうちの母が同じ病気だったからだ。

「妻が亡くなりました」とご報告を受けた時の彼の落ち込みようは尋常ではなかった。奥様は、すさまじい臨終をお迎えになったようで、「本当に大変だったんです」と嘆く彼に、何年か先の私の姿を思い浮かべ、心から慰めの言葉を探した。その桂さんからおめでたい報告を受けて嬉しくないはずはない。

前の奥様には悪いけど、たった1年でこんなに元気になれるんだと自分の事のように喜んだのに『ごめんね』なんてあんまりだ。まるで後釜狙ってたような言われ方に腹が立った。でもこれだけ謝っておられるのだから、この勘違いを利用するのが営業職員としての正しい在り方ではないかと思って、「じゃあ奥さんの保険、新規で加入してくれたら許してあげる」と言ってみた。

「入りますっ」と仰ったので、その時は喜んだけれど、結局はぬか喜びに終わった。保険には入ってもらえない、その後も「ごめんね」と言われ続ける。踏んだり蹴ったりだったが、実害はなかったのでまだいい。

でも、結婚してない事で実害を被《こうむ》ったケースもあった。

話は桂さんの再婚よりずっと前に遡る。私が新人研修を終え、有馬営業部の安部チームに配属された頃だ。

安部春夫リーダーは、女性ばかりの職場には珍しく、当時まだ20代の独身男性だった。仕事の基礎を教えてもらい、面談にも同行してもらった。でも、1か月経つ頃には明らかに私に冷たくなった。

何を質問しても、「ちょっと待って」と言われるか、無視される。ちゃんと答えてもらえるのは5回に1度あるかないか。「どうして無視するんですか」と聞くと、「忙しいからだ」と不思議な答えが返ってきて納得できなかった。でも、もし安部が7人いる部下に優先順位をつけていたとしたら当然、優先順位の高い職員から順番に対応してゆく事になる。だから優先順位最下位のお前の番までは手がまわらない。忙しいとは、そういう意味だと言われれば納得するしかない。

では何故、私は優先順位が最下位なのか？

他の職員さんと私がどこが違うかを考えればすぐにわかる。安部チームでは私だけが非婚で他はすべて既婚者だった。（因みにみんなだいたい50歳過ぎで当時私はまだ若い方）

でも、私が非婚でも安部には何の関係もないし迷惑もかけていないはずだが……。

安部も桂さん同様、私の事を、チャンスに恵まれず40過ぎまで独身で来たが、今でも結婚を諦めておらず虎視眈々《こしたんたん》と獲物を狙ってる、と思っていたとすれば、警戒されるのも当然だ。

だから普段から私を冷遇する事で、10歳以上年下の安部に対して、私が好意や希望を抱かないように牽制《けんせい》しているのだと思っていた。それに私以外の人には〝いいリーダー〟という仮面を被っている安部には、日頃からかなりのストレスもたまっていたはず。つまり、安部にとって私はストレス解消役でもあったのではないか。この推理は当たらずとも遠からずだと思っている。

結婚していないと、ばかにされ方も色々あるもんなんだなぁと感じた。

でも仕事は頑張っていた。

人よりたくさんの時間を仕事に費やす事で、先輩たちに追いつこうと毎日遅くまで会社に残って作業していた。そしてアポがとれたら、どんな辺鄙な場所でも安部に頼らず、なるべく1人で行くようにしていた。夜遅い時刻に誰もいない駅で帰りの電車を待ってる時は、とても惨めな気持ちになった。

そんな努力のかいもあって、当時、私のお給料はまあまあ良かった。何ひとつリーダーとしての役割を果たしてくれない安部のお給料にも私の苦労は反映されていると思うと、不条理さを感じた。今でこそモラルハラスメントという言葉をよく聞くけれど、私は当時から安部にモラハラを受けていると感じていた。

やがて入社して2年が経ち、私は安部チームを卒業する時が来た。その頃、同僚から「安部リーダーが杉田さんの事を誉めてたよ。杉田さんの事はほっといたけど、いつも真面目に仕事してちゃんと結果出してたって」と言われた。

『はぁ？　自分が2年間私を無視し続けた事を、何いい話に持っていこうとしてるの？』と頭にきたが、本人も私の事はほっといたと認めてるくらいだから、私に謝ってとは言わないけど最後くらい私の為に時間を割いて、言いたい事を言わせてくれてもいいんじゃないかと思った。

安部には無視だけではなく色々と意地悪もされた。

せっかく契約をもらえる事になったのに、安部の余計な一言でお客様が機嫌を損ね、契約をもらえなかった時も何のフォローもしてもらえなかったし、教えてもらってる途中で「この続きはまた明日」とふざけた事を言われた事もある。

他にも色々と煮え湯を飲まされた。あいつは本当に頼りにならなかった。チームを離れる時、財布だか定期入れだか何かもらったけど、そんな物で誤魔化されない。このまま言いたい事を言わせてもらえないと、ずっと不愉快な思いを引きずりそうだ。だから電話で「最後に言いたい事言わせてほしいから、時間とって」とお願いすると、「言いたい事があるんやったら今この電話で言うたらいいだろ」と言われた。

2年間の煮え繰り返るほどの思い、5分やそこらで済ませられるかと、また腹が立った。

「車の中で話がしたい」と言ってみた。

車の中なら二人とも進行方向を向いてるし、顔を突き合わせなくてもいい、ほどよい雑音もある。でもお互いの声はちゃんと聞こえるから、一番話しやすい場所だった。でも明らかに誤解されたようだ。わ〜こいつ今、絶対、気色の悪い勘違いしてる。まさか私が車の中で、しなだれかかって迫ってくるなんて想像してるんじゃないだろうな！　有馬営業部には安部の他にもう一人20代の独身男性、吉村さんがいた。彼はイケメンで頭も育ちも性格も良く、安部とは対照的だった。どうせしなだれかかるなら吉村さんの方がずっといいと感じた。

それはさておき、安部には何を言っても無駄そうだったので「じゃあ、言いたい事をカセットテープに吹き込んで渡すから、そのテープ聞いてくれる？」と言って、なんとかOKしてもらえた。

だが、テープに言いたい事を吹き込むにも原稿を作成しなければならない。なんで私がプライベートな時間をこんな事に使わなければならないのかと思うと、また腹が立って、作業は遅々として進まなかった。

新しいチームに変わったタイミングで仕事のやり方も変えた。安部チームには結構貢献してきたつもりだが、最後は言いたい事も言わせてもらえなかった。あんなに無理して頑張らなければ良かったと後悔していた。もう遅くまで会社に残るのはやめて、毎日早く帰った。

就業時間内にやるだけやって、それでいい結果が出なければそれが自分の実力、でもクビにはなりたくなかったので、最低ランクを目指す事にした。

そんなある日、安部が、もうすぐ他の営業部に異動するという噂を小耳にはさんだ。急いでテープを完成させ、それを再生させる安物のデッキを買い、安部が職場を去る日に渡す事ができた。そして聞き終わったら私の携帯電話にワンギリでいいから着信が欲しいと付け加えた。

誠実さのかけらもない人だから、着信があるかどうかはわからない。でもいやな思い出を引きずらないためにやるだけの事はやったので、一応満足だった。

私たちの営業部から安部はいなくなって、彼の姿を見る事はなくなった。

それから暫くして、通勤中の足取りも軽くなり、職場が楽しくなってきた。

なんで？　と考えたら、安部がいなくなった事しか思い当たらない。その時、私ってここまで安部の事が嫌いだったのか？　何度も無視されたり意地悪されたりしているうちに、私の方も理屈ではなくどうしようもなく生理的に嫌いになっていたらしい。安部のいない営業部の空気はこんなに快適だったのか。

いなくなって初めてその人に対する本当の気持ちに気づく、というのは親兄弟、恋人に限った事ではなく、ただの同僚や上司にも当てはまるんだなぁと悟った。

安部から「テープを聞いた」というワンギリ着信はなかったが、そんな事は、もうどうでもよくなっていた。むしろ、『安部さん、私の前から消えてくださって本当にありがとうございました』と感謝したい気持ちだった。

さらに数年後、風の便りで安部が結婚したと聞いた。お相手は以前、有馬営業部にいらした私も知ってる人だった。とてもお似合いだと思った。

人としての成長を感じる時

上司はリーダーだけではなく、その上にまだ部長がいる。

13年間在籍してる間に7人替わったが、優秀な部長もいればそうでない人もいたし、温厚な部長もいれば、パワハラ炸裂部長もいた。

ある年、赴任してきた朝倉部長は優秀だけど超パワハラ気質だった。

ある日の朝礼時、雷鳴のような怒鳴り声が営業部に響きわたった。

直撃を受けた松浦さんは黙ってうなだれていた。松浦さんは、成績はまあまあだが、わがままな50代の女性だった。

朝礼後、みんなは冷ややかな様子で松浦さんの事を噂していた。「もし私があんな風に怒鳴られたら自殺する」と言っていたのは定年間近の豪快で貫禄たっぷりの最年長、大花千恵子さんだ。そういう人に限って、なぜかとても傷つきやすい。私は、「杉田さんは成績が悪くても何にも怒られないでしょ」と何人かの人に言われた事がある。

『とんでもない、私ほどボロカスに言われてきた人間はいないのよ。実の父親からも、赤の他人からも』と思った。でも、今の私は自虐だった若い頃とは違う。今は自分を大切にしているし、人としてのプライドらしきものも持ち合わせている。だから、人から自分やしていることを、自分の大切にしているものを傷つけられたら、反撃しなければ気がすまない。たとえ相手が優秀な朝倉部長でも。

頑張る事をやめた私はいつも酷い成績だったから、朝倉から厳しく叱責されて当然だと覚悟していた。だから、朝礼中や朝倉と面談中は絶対に鞄を手放さなかった。何か暴言を吐かれたら即「辞めます」と一言言って帰るつもりで、いつも荷物をまとめて身構えていたのだ。でも、もともと期待されてないおかげもあってか、捨て台詞を残して立ち去るような事態にはならなかった。

いつの間にか、松浦さんの姿は営業部から消えていた。松浦さんの代わりに、何人かの職員さんが朝倉部長の新たなターゲットとなり、暴言を浴びせられていたようだが、私はストレス解消役なんて損な役回りはもうこりごりだと思っていた。

朝倉部長の次にやってきたのは、叩き上げの超ヒステリックな女性部長、森本秀子さんだった。同じパワハラでも朝倉部長と違ったのは、彼女が無能だという事だ。職員さん達はみんなそれに気付いていたが、一応上司だからと持ち上げる中、全く敬意を払わない生意気な私はすぐに目をつけられた。でも無能な人に怒られても、それほど怖くはない。それでも自分に非がある場合はおとなしくお説教にも耳を傾けていたが、あまりにしつこい場合は「あの、もうそのくらいで結構です。私、これから行くところありますので」と自ら切り上げていた。

また「杉田さんどうしてそんな事をしたの？　どうして？　どうして？」と、たいした事でもないのに、しつこく追及された日には、とてもまともに相手していられないと思い「どうして、どうしてと人に頼ってないで、たまにはご自分でお考えになったら？」と変化球で応戦した事もある。

森本部長から「あんた、私にでも言うんやからお客さんにもきつい事言ってるのと違うやろな」と言われた時は、むしろ嬉しかった。

昔は自虐でどうせ私のことなんてすべてどうでもいいと何も反論しなかった私が、今は仮にも上司に歯向かえるまでに成長したのだと喜んでいた。

世の中は理不尽なものだけど

そんな私だったが、最後の2年間は本当にきつかった。

最後のリーダーとなった浜ユカさんが、あまりにも突っ込みどころ満載の凄い人だったからだ。

賢さも実力も謙虚さもない人間が何かの間違いでちょっと偉くなってしまい働きぶりに見合わない多額のサラリーをもらうようになるとどんな風に堕ちてゆくか、やがて私達は知る事になる。

浜が上司になってから、それまでのクビにならない程度に仕事するというやり方は通用しなくなり、私の嫌いな『頑張る』という事を毎日しなければならなくなった。

できる月もあれば、できない月もあると思っていたが、浜は毎月すべての項目で私達に完璧を要求してきた。だけど、浜自身は誰にも頼りにされていないので難しい事を相談される事も質問される事もない。至って平和で暇な毎日を過ごしておられた。

仕事といえば厳しい口調で「〇〇さん、みんなできてるのに、できてないのは貴方だけよ。どうするの？」そんな風な事を言ってるだけ。

「私ってアイドルの〇〇ちゃんに似てるって言われるの」と仰った時には、みんなで大笑いさせてもらったが、笑えない自信過剰発言や矛盾だらけの奇行によく振り回された。

職場に母親を連れて来られた事もあった。応接室に母親を通し、その時、営業部に居合わせた職員を順番に呼んで挨拶を強要された。それくらいはまだいい。でも絶対納得できない事があった。会社から月5回まではOKと定められているのに、直行直帰は一切認めてくれないのだ。

たとえば、朝9時に家の近くの契約者様宅を訪問する場合、普通は8時半に家を出れば楽勝なんだけれど、それは許されない。いつもより、かなり早起きして一旦会社に顔を出しすぐに今来た道のりを戻って契約者に会いに行かなくてはならない。

JRのダイヤが乱れていて約束の時刻に遅れ、お客様にご迷惑をおかけしてしまうという本末転倒の事態も起こった。

直帰もしかり。ある大雨の夜お客様と別れ、濡れた服を着替えるために家に寄った。

母は「お帰り」と迎えてくれたが、「ちゃうねん、これからまた会社に戻らなあかんねん」と言うと母はブチギレて「こんな時間からまた会社にいくのか、そんな会社やめてしまえ～」と絶叫していた。

ただでさえストレスに感じる満員電車、さらに雨で混雑する中、近くはない会社まで立ちっぱなしで往復するのがどんなにしんどいか。私は営業部で一番遠くから通勤してるのだ。

でも、ただ帰社すれば浜は満足する。職員が気持ちよく働けるためにサポートするのもリーダーの仕事だが誰もあんたにそんな事は望んでない。それに一番仕事をしていないあんたが一番いい給料をもらっているのは誰のおかげ？　私達浜チームの職員があんたを支えてるからでしょ。不本意だけどそれが会社の仕組みなら仕方がない。それなのに、たまの直行直帰というわずかな楽さえ認めてくれないのは何故？　そんな不満を浜より偉いはずの当時の杉本部長に訴えてみたが彼はまだ若い男性で、完全に浜に貫禄負けしていた。最早営業部は浜の天下で、彼女を諫める人も忠告してあげる人も誰もいなかった。

そんな浜の言う事にいちいち目くじらを立てていたら身が持たないけれど、3、4回不満がたまると私は必ず爆発させていた。

「あんた何様のつもり？」

「いつからそんなに偉くなったんや」

「そんな事どうでもええやろ」

「いちいち煩い!!」等と結構派手にやっていた。

一度だけ母に禁断の言葉を言ってしまった事がある

「お母さんの友達に誰か保険に入ってくれそうな人いない？」

「お断り、あんたの仕事より友達の方がずっと大事や、友達とは対等でいたいからあんたの仕事なんかにつきあってられへん」

そこまでは予想通りだったが、その後、「でも夏子、やっぱりお母ちゃんが言うた通り結婚してたら、あんたこんな苦労しなくても良かったのに。今さら結婚しろは言わないけど、そんな会社は今すぐやめてくれ」と泣きつかれた。

その時、数年前の事を思い出した。

会社は誰もが在籍し続けられる訳ではない。来年度も在籍できるかどうかは年度末までの12か月の成績の合計で決まる。でも毎月酷い成績をとり続けた私は、年度末まで1か月を残すだけになっても、存続基準の半分にも達していなかった。

頑張る事が嫌いな私だけど、長い人生には一生懸命やらなければならないことも何度かある。今がその時だと思い、1か月間必死で働いた。

朝早くから夜遅くまで、休日も返上して駆けずり回って営業活動に専念した。その結果、それまでの11か月の合計を上回る成績を1か月で収め、無事存続が決定した。勿論知り合いやコネは一切使ってない。あの時は『やればできる』という自信と達成感を味わえたが、二度とこんな事はごめんだと思った。

でも浜チームになってからは、あの1か月間ほどではないが、かなりしんどい毎日がずっと続いている。あの時、無理せず辞めていた方が良かったのかもしれない。

でもぜったい母の病気の事は言ってはいけない。母が、がんなんて。負の塊のような浜

が金銭的なトラブルで他の営業部に左遷された」と聞いた。最初は会社からは、お咎めなし」の電話が来た。駆けつけ、それっきり私は会社には行かなくなった。でもその約1年後、元同僚から、「浜

平成25年の晩秋、妹から『母が救急車で運ばれた』と電話がかかってきて、すぐ病院に

「お母ちゃんは体に爆弾抱えてるようなもんや、いつ爆発するかわからない」と。

ていた。

明るく見送るのが理想だった。それがあんなに突然に、いや突然ではない。母はよく言っ

今度の入院からはお父さん任せにせず、施術前後のケア等、家族みんなで協力して母を

たら、その時は否応なしに辞めると固く決心していた。

りをしたのもお客様宅の近くに霊験あらたかな神社があったからだ。でも今度母が入院し

いう仕事自体は嫌ではなかった。有名人の家にも行った事があるし、母のためにお百度参

じ事を繰り返すのが苦手な私にとって、毎日色んな場所に行って、色んなお客様に会うと

ってしまったが、勿論いいお客様も沢山いらしたし、いいこともたくさんあった。毎日同

「骨折り損のくたびれ儲け」「漁夫の利」「昨日の友は今日の敵」色んな諺の具体例を作

裕もなくなった。

には何の得にもならない事でもお客様のためにというやりがいを感じていたが、そんな余

次第に私は、自分のポイントにならない事は一切やらなくなっていった。以前は、自分

に言えば、母の死期が早まるような気がしていた。

しという穏便な処分が下った。だが浜の被害を受けていた人達も受けていなかった人達も、みんな浜が嫌いだったので、職員一同猛反発して見事お咎めなしを覆した。その結果、浜は自分で契約をとらなければならなくなった。

もし、浜が今まで私達に厳しく言ってきた事をご自分でも、おできになれたのなら、今まで通りという訳にはいかないけど、それなりのお給料が手に入るのだが…。彼女にはいずれ薄給に甘んじるか、辞職するかの選択を迫られる時がくるだろうと予測していた。

なんて素敵な因果応報？　それにしても思い出すのはあの時、営業部の応接室で精一杯のおしゃれをして立派？になった娘を誇らしげに見ていた浜の老いた母親の事だ。

あの人にお給料が急に下がった理由をなんて説明するのだろう？　世の中は理不尽なものだと充分わかってはいたけれど、あまりにも調子に乗っていると痛い目を見るんだなぁ。まさかそこまでバカだったとは、とみんな笑っていた。そして数年後、浜ユカさんは会社を辞めた。

お父さん、延命治療をしてしまってごめんなさい

母の死から4年後、父も亡くなった。報せを受けた私は大急ぎで病院に向かい、霊安室

で父と対面した。

グループホームからその病院に入院したのは4か月ほど前、私はなんとか1か月以内に退院してほしいと願っていた。1か月を過ぎるとグループホームに戻る権利はなくなり、順番待ちの人に譲られてしまう。だから父の退院が遅れたら、その後どうしようと悩んでいたが、父の肺はもう殆んど機能しておらず、おそらくこの病院で最期を迎えるだろう、というのが正しい見解だった。

点滴で栄養を入れていたが、もともと痩せていた父はさらに痩せていった。1か月経って、医者に、喉から栄養を入れる事を提案され、それで回復する可能性があるのならばと安易に同意したが、まさか喉を切開するとは思っていなかった。

「具体的にはどうするんですか？」と、医者にちゃんと質問しなかった私が悪いのだ。喉を切開するという事は、父が以前、「くれぐれもしないでくれ」と言っていた延命治療だったのではないか？　意識はあるのに喋る事もできない。なんて残酷な事をしてしまったんだろう？

別にお父さんの事が嫌いだからわざと苦しみを長引かせた訳じゃないのよ。父は回復する事なく、ますます痩せ細り、そのまま死を迎えた。

私が病室に行っても表情もなく、死を待ってるだけのようだった父、私も義務として見舞っているだけだった。窓の外を見て、今日は天気がいいとか悪いとか、そんな話しかできなかった。そんな時でも、できるだけ父と目を合わそうとしなかった。寝たきりで、確実に死がそこまで迫ってる父を可哀想だとは思っても、それ以上の感情は湧いてこなかった。もし母だったら、「お父ちゃん可哀想に」と痩せた身体にすがって泣いていたに違いない。

病室には父と同じような症状の男性が他に3人いた。隣のベッドの患者さんには、息子さんらしき人がよく来ていて、ずっと側についていた。対照的な私達、これもちょっとした因果応報なんだろうか？

グループホームに入所していた頃はまだもう少し元気だった。自室に籠ってる父を、介護福祉士さんが車椅子に乗せて毎日共用スペースに連れ出してくれたけど、いつも不機嫌そうだった。女性の入所者さんはみんな楽しそうにお喋りしているので、「お父さんも仲間に入れてもらったら」と言ってみたが、「喋りたくもない」と苦虫をかみつぶしたような顔をしていた。

ある日、私が顔を出すと待ちかねたように、「夏子退所手続きしてくれ」と言ってきた。お父さん、まだ気づいてないの？　私はあんたの事が嫌いなのよ。介護なんてできる訳ないでしょ。本当にお父さんの事を想ってくれる人はもうこの世にいないのよ、と思いながら、「そんな事、絶対無理」と言うと、父の顔が赤くなってゆき、怒りを溜めてゆくのがわかる。

　でも父がどんなに怒っていようと、さすがにもう怖くはなかった。そこで「私、そろそろ帰るわ」と言って、来たばかりなのに本当に帰ってしまう。そして、父の行き場のない怒りはスタッフさんへと向けられる。

　父が家に帰りたいと言えば言うほど、お母さんが他界していて本当に良かったと思っていた。もし母なら父の言う通り家に連れて帰り、介護地獄に陥る事は目に見えていた。

　また別の日には「夏子、死ぬ日決まったわ。今日や」と言われた。そして、「あそこに怖い魔物がおる」と共有スペースの隅を指差した。

　私には何も見えなかったが、父には死神らしきものが見えていたのかもしれない。だからその日の夜、もう一度ホームを訪れ、「父が今日死ぬと言っていますので、そういう事がありましたら最期に好きなお酒を飲ませてやってください」と、コンビニで買ったワンカップの日本酒をスタッフさんに手渡した。

　スタッフさんの話によると、他にも「ひよこにえさをやりにいかなければ……」とか「すなばに行きたいなあ」とよく言っていたらしい。ひよこはともかく、すなばには行かせてあげたくて「すなばって何？」「どこにあるの？」と聞いてみたけど返事はなかった。

　ある時、ホームから父が骨折したと連絡を受けた。父は、夜中にどこかへ出かけようと背広に着替えている時、転倒して尾てい骨を打ったというのだ。

　スタッフさんが、「こんな夜中にどこに行こうとしたんですか」と聞くと、「待っとるんや、待っとるから行かなあかんのや」と答えたらしい。私は、そのお相手はきっと父が若かりし頃、交際していた女性だと思った。これは多分、家族の中で私だけが聞いた話だと思うけど昔、駅まで送ってもらう車の中で「夏子好きな奴おるんやったら、ちゃんと告白しろよ」と突然言われた。

いつもの「結婚しろ」攻撃の延長かと思ってうんざりしたが、「お父ちゃんも若い時、好きな奴おったけどすれ違いでうまい事いかなかったからなぁ」といつになく寂しそうに呟いていた。携帯電話どころか固定電話も家になかった父の若い頃、彼女と約束していたのに急用ができて連絡がつかず、それっきりになった事があったのかもしれない。そしてその人の事がずっと父の心の片隅にあったとしたら、歳月が流れ、もう時間の概念もなくなった頭で、その時の約束を果たそうと急に思い立ってそんな行動をとったのではないかと推測した。

人生の節目節目で、もし母ではなくその人と結婚していたら、どんな人生があったのだろう?と考えていたとすれば、父が私に冷たかった理由もなんとなくわかるような気もする。でも、母がなんだかんだ言っても父の事を好きだったように、父も母の事を大切に思っていた。

母ががんと診断され、亡くなるまでの5年間に、肝動脈化学塞栓療法を8回くらい受けたけれど施術後のケアなど、すべて父がしてくれたし、母も父にしてもらう事を望んでいた。

病室にはお花も飾ってくれていた。寒い霊安室で、私は父と向き合い、改めて「お母さんの入院中の面倒をよくみてくれて本当にありがとう。私達のために長い間働いてくれてありがとう」と父の冷たくなった手を握りながら感謝の言葉を伝え続けた。

やがて霊柩車が到着し、一年半ぶりに父は自宅に帰る事ができた。そして翌日の通夜式、翌々日のお葬式と、喪主としての役割を立派に果たす事ができた。と言いたいところだが、殊勝な態度は父の死の直後だけで、その後は、親不孝にも妹と喧嘩もしたし親戚の前で「せっかくお父さんも死んでくれたのだから、これからもどんどん好きな事をやりますよ」等と言ってみんなにドン引きされていた。

いろんな人からお悔やみの言葉をいただいたが悲しくはなかった。父に大切にされた記憶は殆んどなかったので、親を亡くした悲しみが1度で済んで良かったとさえ思っていた。そんな憎たらしい言動をとっていたので、ばちが当たったのかもしれない。

社会と繋がっていられる安心感

その後、またちょっとした憂鬱に見舞われた。デイサービスセンターの後で見付けた大手企業のコールセンターの仕事が、どうしても続けられなくなってしまった。顧客から寄せられる商品の問い合わせや苦情に、電話で対応する仕事で、採用された時はとても嬉しかったが電話はひっきりなしにかかってくる。ビービー鳴りやまない電話が、次第に怖くなっていった。

1か月後、辞表を提出した。また仕事を探さなければならない。仕事で時間を拘束されているからこそ、休みの日の自由やありがたさを実感できる。毎日がまるきり自由というのは私にとって、本当の自由ではない気がした。経済的な事より、張りのある生活を送るために仕事がしたかった。

探せば私でも、どこか働き口はあるだろうけど、自分の気にいった職場が見つかるかどうかが不安だった。せっかく母を亡くした悲しみも落ち着き元気になり始めた矢先だったのに、家にこもってふさぎこんでいた。

そんな時、大きなくしゃみを1回した後、ある事を思い出して、可笑しくなって大笑いしてしまった。以前は口を閉じてくしゃみをしていた私が口を開けてするようになったのは、デイサービスセンターミツイシで働いていた時の利用者、森田さんのおかげだ。

ある時、派手なくしゃみをしたら、「わてら、そんな大きなおならした事ないわ」とげらげら笑われた。

「今のはくしゃみです」

「そんなくしゃみ、わてら聞いた事ないわぁ」

「森田さん、私、人前でやってしまった事ありますけど、今のは絶対くしゃみです」と言ったら、「怒っとるわ」とまた笑われた。

以前、友達からも「今のおなら？」と聞かれた事がある。私はいつも鼻が詰まっているので、くしゃみをすると鼻にかかって『ぶっ』という音がしてしまうのだ。

森田さんや友達は口に出してくれたけど、普通はそう思っても口には出さない。今までどれだけ冤罪の被害を受けてきたことか。だから、どうしたら『はっくしょん』とくしゃみらしいくしゃみができるようになるのだろう？　と真剣に考えた。簡単な事だった。口を開けてすれば音の逃げ場ができて、ぶっとはならない。おかげでおならに間違えられる事はなくなった。

森田さんありがとう。まだ彼女はお元気なのだろうか？　と思ったら、なんだかもう一度、介護の仕事をしてみたくなった。ハローワークで見つけたデイサービス玉内に通い始めた。みんないい人達だったが、1人だけ、責任者の女性、大野木さんの高圧的な物言いには、うんざりしていた。

ある日、遅刻ギリギリに来てしまった。堂々としていればいいものを、「遅くなってすみません」と謝った瞬間、噛みつかれた。

「就業開始9時というのは、9時までに来ればいいという事ではなく、9時にはもう仕事ができる状態が整ってるという意味ですよ」

「わかってますよ、そんな事、常識じゃないですか。でもそれを言うなら、いつも居残りしていて5時ちょうどに帰った事はありませんけど」

こんな調子でよく衝突をしていた。

でも一度だけ反発できなかった事がある。そのデイサービス玉内には時々ボランティアがやって来て、楽器の演奏をしてくれる。その日も、二胡の演奏のボランティアさんが来て、利用者さんが広間に集められていた。

演奏が始まった。二胡の音色ってどんなものだろうと思っていたけど音色以前に音程がはずれていて、素人の私でも下手くそだとわかった。このレベルでよくボランティアなんか申し出たなと思った時、利用者さんから、「ここ椅子ひとつ空いてるからお座り」と言われ、お言葉に甘えた。

そうしたら日頃の疲れもあり、決して滑らかではない旋律がちょうどいい子守唄がわりになり、眠気を抑えられなくなった。駄目だ、大野木さんに、こんな所を見られたら怒られても文句は言えないと思いながらも、我慢できずに、ほんの数分間うとうとしてしまった。がばっと起き上がり椅子から立ちあがった。間一髪、本格的に寝るところだった。

まだまだ眠たかったが眠気を吹き飛ばすように、二胡の演奏に合わせて笑顔で手拍子を打ち利用者さんを盛り上げた。その時、広間の向こうから大野木さんに手招きされた。

「杉田さん、どういうつもり？　ボランティアの演奏の時、職員さんを配置してるのは利用者さんの様子をみてもらうためよ。自分がそんなに楽しんでどうするのよ」と言われた。

居眠りした事を誤魔化すために無理してやった事が裏目に出たのだ。どっちにしても怒られるなら、本能のまま寝ていて怒られた方がよっぽどましだったと後悔した。

そういえば、私がそこに来たばかりの頃、夏祭りがあった。金魚すくいや射的等の出店が並んでいたが、勿論すべて本物ではない。かったるいなぁ、こんな子供騙しのようなものので利用者さんは喜んでるのだろうか？　私も疲れる、帰りたいと思いながらも、楽しそうなふりをするのも仕事のうちと、利用者さんを誘導し、営業スマイルで乗り切った。それも楽しんでると思われてたとしたらちょっときつい。

振り返ると、昔から私って無理してカラ元気や作り笑いをして裏目に出た事がよくあった。宿命なんだろうか？　また辞めたくなった。

そうして迎えた50代最後の誕生日、職場から原付で帰る途中、ちょっと不思議な事が起こった。

◯◯☆◎のプレートナンバーの白い車と何度も抜きつ抜かれつ並走していた。白いニットを着た女性が運転していたその車は、途中で左折して見えなくなったが、その車のプレートナンバーは母の命日と同じ数字だった。しかもナンバーの前のひらがなは「ゆ」で母の名前も「ゆ」からはじまる。

母の命日と同じナンバーの車と、ちょっと憂鬱な誕生日に遭遇した事は、母からの『お誕生日おめでとう。大丈夫だから。元気出して』というメッセージだと受け取った。

その日から少し希望が湧いて、仕事も明るい気持ちで取り組めるようになった。そのかたわら、新聞の求人広告には必ず目を通していた。条件は、通勤時間が原付で30分以内、そして居心地のよい職場であるという事だけ。でも、そればかりは実際働いてみなければわからない。

ある日求人広告で見覚えのある社名を見付けた。実は派遣会社にも登録していてそこから派遣され、1日だけ働いた事がある所だった。食品製造工場なので設備はとても清潔で、場所もほどよい近さだったが、9時から午後6時の勤務時間は私には長過ぎた。でも、その広告のパートの募集要項には11時から午後5時まで、週に3、4回と書いてあったので、すぐに電話してみた。

面接に行く日の朝、最寄りのバス停の前で、また◯◯☆◎のプレートナンバーの、今度は紺の車に遭遇した。お母さんが『頑張ってね』と言ってくれていると心強く感じたが、面接の感触はよくはなかった。半ば諦めていたけど、翌日採用の電話をいただいた時は本当に嬉しかった。

実際そこで働いてみると、職場の雰囲気も仕事の内容も気にいった。器用ではないので難しい事はできないが、真面目に働いている。無理のない勤務形態、勤務内容が私のプライベートを楽しく充実したものにしてくれる。

母の死から4年余り、私は本当に元気になっていた。

第2章　自虐の治し方・自虐の活用法

ぼっち地獄

人生で一番古い記憶は、まだ揺り籠に寝かされていた頃。色んな人が私の顔を覗きこみ、笑顔を見せてくれた。私が泣くと必ず誰かが抱っこして優しくあやしてくれた。勿論それは母だった。自分は、とても大切にされていると本能で感じ安心に包まれていた。もしかしたら、あの頃が私の人生の黄金期だったのかもしれない。そんな黄金期も、妹の誕生によってあっさり終わりを告げる事になる。

私には妹という概念が理解できなかったので、「あの子、どこから来たんだろう?」と不愉快に思っていた。妹とはその頃からあまり仲がよくない。妹のおもちゃを壊したり勝手に散髪した事を思い出すと胸が痛むが、近所の子供達と外で遊んでいる時、悪ガキが近くを通るだけで妹の前に盾のように立ちはだかり、いじめっこを睨んでいた事を思い出すと少しほっとする。

夕食時と夕食後の家族団欒のひとときは、私にとって楽しい時間だった。一度だけ父の膝の上で夕食を食べた事がある。父の顎に手を伸ばし、伸びかけた髭の感触を楽しんでいた。当時の私は父が大好きだった。

夕食後はテレビが一家に1台の時代、父は私達の見たい番組を優先して見せてくれた。

夜は、寝付きの悪い私に、母がほぼ毎日添い寝をして、昔話や童話、時には母の創ったお話をして笑わせてくれたので逆に眠れなくなった事もあった。

母の事は父以上に好きだった。でもそんなしあわせな日々に、時々とても怖い事が起こった。普段は優しい父が顔を真っ赤にして母親を怒っているのだ。母を助けてあげたかったけど、いつもとは別人のような父が、私も怖かった。今にして思うと、ただの酔っぱらいの怒り上戸なんだけれど、当時の私は父を悪い人とは思いたくなかったので、母はよほど悪い事をやらかしたに違いないと思う事にしていた。

酔っ払った父の怒りが収まらない時は、母は妹をおんぶし、私の手をひいて向かいの祖母の家に避難する事もたまにあった。それに父は酔って川にはまったり、どこかに頭をぶつけて帰って来る事もあった。頭から血を流している父親はとても怖かった。

幼稚園に入ってすぐの頃、母に言われた。

「この前夏子と行った、緒川医院の先生の事、覚えてる?」

「覚えてる、めちゃくちゃ怖い先生やった」

私は診察室で泣いても喚いても許してくれない先生から逃げまわっていたのだ。

「お母ちゃん、来週からその先生の所で働く事になったんや。そやから夏子は幼稚園から帰ったら、お母ちゃんが迎えにゆくまでお祖母《ばあ》ちゃんの家にいる事になるんやけど、ちゃんとお祖母ちゃんとお留守番できる？」と聞かれて「なんでーお医者さんに行ったら次はそこで働かんならんの？」と混乱していた。

母は看護師の資格は持ってないが、独身時代は外科病院に勤めていた。その事を知っていた緒川医師の母親が、うちで働いてくれないかと我が家まで頼みにきたという事をかなり後になってから知った。

母は父と相談し、働きにいく事に決めた。元々幼稚園が嫌いな私には、辛い日々が始まった。毎朝「行きたくない」とギャーギャー泣いていたので、見かねたおばちゃん（父の兄の嫁）が連れていってくれた。

自分の席に着いてからも1時間は泣き続けていた。誰とも話さず、何か聞かれた時だけ蚊の鳴くような声で答えていた。でも本当に辛いのは家に帰ってからだった。

お祖母ちゃんの家の隣には、おばちゃんがやってるお菓子屋さんというか駄菓子屋さんがあった。そこで朝、母が持たせてくれた小銭を渡す。おばちゃんが、「夏子ちゃんお帰り。ちょっとおまけしといたからね」とお菓子を選んで渡してくれる。

おばちゃんとわずかな会話を楽しみ、お祖母ちゃんの家に帰ってお菓子を食べ終えたら、もうする事がない。「お祖母ちゃん遊ぼう」と言ってみるけど、「今、忙しいからあとでね、あっテレビ、夏子の好きなの見てぇよ」と言われ、相手にしてもらえなかった。仕方なく私は窓際に行って、通りの景色を眺めていた。何も面白い物が見える訳ではないが時々、人や犬が通ったし、隣の駄菓子屋さんで客の子供達と話す、おばちゃんの明るい声がたまに聞こえてきた。大好きなおばちゃんの声が聞こえる、その窓の辺りが私の定位置となった。

幼稚園から帰った午後1時頃から、母が私を迎えにくる午後5時半頃まで、ずっと1人で窓の外を見たりして過ごした。とても長く、孤独で切ない時間だった。寂しいとか退屈というよりも、わずか5歳の子供が自分に与えられた膨大な時間をどのように過ごしていいのかわからなかった。すぐ近くには我が家があったけど、誰もいない家に帰るのは怖かった。

時には子供らしからぬ事も考えていた。『人間てなんのためにこの世に生まれてきたんだろう？　もしかしたらこのような辛さに耐えるためかもしれない』とか、生垣の木の葉を眺めながら、『これと同じ葉っぱを遠い昔に悲しい思いで見た事があるけど、あれはいつの事だったろう？』とか。前世の記憶でも手繰っていたのだろうか？

でも、色々考えると時間が長く感じられるから、できるだけ何も考えずに、無の境地でひたすら母が妹を連れて帰ってくるのを待ちわびていた。

辛いと思った時は何も考えない、感じない抜け殻状態になる術《すべ》はこの頃、身につけた。

ある時、お祖母ちゃんに時計の短い方の針が5と6の間にくればお母ちゃんが帰って来ると教えられ、毎日時計とにらめっこしていた。おかげで時計の見方を覚えた。それに、絵本を何度も繰り返し読んでいたので、お気に入りの絵本はそらで朗読できるようになった。

母はよく祖母に「お義母さん、いつも夏子の面倒を見てくださってありがとうございます」とお礼を言っていた。私にも、「あんまりお祖母ちゃんにわがまま言うたらあかんよ」とも言っていたが、わがままなんて言う訳がない。それ以前に会話がないのだから。

今から思うと、あれは確かにネグレクトという幼児虐待だった。次第に私は、そのあまりのストレスのため、自傷行為をするようになってゆく。髪の毛を抜く事とオシッコを限界まで我慢する事だ。

髪の毛は20本くらい一気に抜く瞬間がとても気持ちよくて、病みつきになった。でもそんな肉体的自傷行為よりも厄介だったのは精神的自傷行為、自虐だった。

それまではとても大人しい子だったが、幼稚園から帰ると、静かなる独りぼっち地獄が待ち受けていると思うと、少なくとも退屈はしない幼稚園はまだましだった。だから、その反動で私はだんだん野生児に変身していった。

毎日、幼稚園の周辺の野原を男の子達と駆けずりまわって、泥んこになるまで遊んでいた。それに先生を困らせたくて、窓のすりガラスに落書きをしたり、遊具を独り占めしたり、先生が「皆さんわかりましたか」と聞くと、みんなは「は〜い」と答える。次に「夏子ちゃんもわかりましたね」と聞かれる。私は、「お腹すいた」とわざと、とんちんかんな返事をしていた。当然周りの子供たちには、あほ扱いされたけど、そんな事は平気だった。それより先生に「夏子ちゃん、夏子ちゃんと」構ってもらう事によって、その後に訪れるぼっち地獄に備えようと必死だった。

その幼稚園では制服がわりのスモックを着ていたが、それにハンカチを携帯する決まりだった。ハンカチの真ん中に釦《ぼたん》を入れて、てるてる坊主の要領で作った物を、ゴムで首からたすき掛けにする。母は毎朝それを持たせてくれたが、そんな余計な物をつけていると遊ぶのに邪魔になるから、いつもそのへんに捨てていた。

毎日母に、「またなくしたのか」と怒られていたが、馬の耳に念仏だった。

ある時、思い切りハンカチの両端を引っ張ってみると、ハンカチの中に入っていたのは釦ではなくて1円玉だった。幼稚園児の私でも1円が一番小さい単位のお金だという事は知っていた。

「お母ちゃん、私が毎日ハンカチなくすから、もう釦がなくなってかわりに1円玉をいれてるんや」と思うと、母に申し訳ない気持ちになった。でも、それでハンカチを大切にするような玉ではない。その後もやっぱり遊ぶのには邪魔だったので捨てていた。（でもハンカチには名前が書いてあったので、定期的に家に返っていた）

幼稚園ではよくお絵描きもしていた。夢中で描いていると、つい手に力が入ってクレヨンがポキンと折れてしまう事がある。そうなると私は、もうその折れたクレヨンも残りの無傷のクレヨンも使いたくなくなってしまうのだ。そして、残りのクレヨンもわざとポキポキ全部折ってしまう。それを母に見せて、「みんな折れてしもたから新しいのを買って」とおねだりをする。

新しい物を買ってもらい、次こそ大切に使おうと思っても、また1本折れる。またわざと全部折ってしまう。また新しいものを買ってもらう、これを何回繰り返しただろう。今にして思うと、その行為はダイエット中の人がつい誘惑に負けてケーキをひとくち食べた瞬間、歯止めがきかなくなり食べまくる、そんな現象に似ていた。母が怒って、「もったいない。折れても使える」と買ってくれなくなったので、「これで最後にするから」と必死にお願いしてもう1回だけ買ってもらえた。

今度は、それまでよりずっとコンパクトな12色入りだったけど私は満足だった。それを絶対に指に力を入れないように、大切に大切に使っていた。

ある時、あまり仲がよくない弘栄ちゃんが「クレヨン貸して」と言ってきた。嫌な予感がしたけど、「絶対折らんといてな」と言って貸してあげた。そしたらやっぱり弘栄ちゃんは折ってしまった。もう悲しくて悲しくて、先生の所に飛んでゆき、「弘栄ちゃんが私のクレヨンを折った～」と泣きながら訴えた。

柴山先生は、とっさにセロハンテープで直し「ほら元に戻ったよ」と渡してくれたが、

「嘘や～1回折れたクレヨンが元通りになるわけない～」と言って泣き続けた。すると、「クレヨンが1本折れたくらいで、そんなに泣かんでもよろしい」と冷たく言われた。

「違～う、違うんや」

「何が違うの？」と問われると、自分でも何が違うのか説明できなかった。でもクレヨンが1本折れたくらいで、と言われた事に余計傷ついた。今なら説明できる。クレヨンを1本も折る事なく最後まで使いきるという事が、当時の私には最大の目標だった。それまで何度も失敗したけど、今度こそと大切に大切に使ってようやく3分の1ぐらい使いこんだのだ。それを自分じゃなく他人に折られた事が悔しくてたまらなかったのだ。

幼稚園には広田先生と柴山先生と先生が2人いた。2人とも優しくて好きだったが……その時の柴山先生は大嫌いだった。

その日祖母の家に帰ったら、なんだか無性にお絵描きしたくなった。紙は祖母に言って新聞の広告をもらえばいいけど、鞄の中には例によって全部折ってしまったクレヨンしか入ってない。やっぱりそれを使う気にはなれなかった。

窓から下を見ると広いアスファルトが見えた。そして閃いた。そのアスファルトになら、この折れた短いクレヨンの方が書きやすい。私は外に出てアスファルトに絵をかき始めた。全色使って、大きく女の子の絵をかいた。カラフルな作品ができあがり満足していた。ちょうど小学校から帰る途中のお姉さん達が足をとめ、上手だねと誉めてくれたのが嬉しかった。でもその日の夜、母に「夏子がクレヨンで書いた落書き、全部消すの大変やったんやから、もうあんな事したらあかん」と怒られた。

その頃、母は幼稚園の近所に住んでる人にも言われたらしい。

「杉田さん、あんたとこの夏子ちゃん、みんなお遊戯の練習してるのに、1人だけ蝶々追いかけてたわ」

「もう恥ばかりかかして」と、母は言った。

『お母ちゃんは何にもわかってない。私がどんな思いでお母ちゃんの帰りを待っているか。そこを理解してくれたら、そんな事言えるはずはない』

そんな風な事を思ったが、それを言葉にするのは当時の私には難し過ぎた。

ある日、幼稚園から帰ったら、確かに母はいた。おばちゃんに「お母ちゃん帰ってるよ」と言われた。大喜びして家に帰ると、母はいた。でも、私に気付くと「忘れ物を取りに帰っただけ、またすぐ出ていく」とそっけなく言った。私はがっかりしながらも、母の服をぎゅっと掴んでいた。

「そろそろ行くわ」と母が私の手をふりほどこうとしたので、『放してなるものか、放したら今日もぼっち地獄行きは決定してしまう』と思い、私は必死で抵抗を試みた。

母は家を出ると、強引に私の手を払いのけ、バス停まで走り出した。後を追いかけながら「行かにゃーでー」と絶叫したが、バスはタイミングよくやって来て、母は乗り込み私は取り残された。怒り狂ったように「ギャー」と叫び、腹いせに着ていたスモックを脱ぎ、川に投げ捨て、暫くその場で泣いていた。

やがて泣き疲れ、他に行く所もないので、結局いつもの祖母宅の定位置で過ごした。

その日の夜、父が母を叱っていた。もしかしたら明日から何か変わるかもしれないと期待したが、何も変わらなかった。

翌朝、昨日洗濯された少し生乾きのスモックを着て、私は幼稚園に行った。

角《つの》

母が働いていたクリニックは、私にぼっち地獄という鞭を与えたが、時々飴もプレゼントしてくれた。医師会の旅行、製薬会社からの頂き物のお裾分けは、お店では売っていない物ばかり。キャラクター人形や文房具、板チョコを箱ごともらった時は興奮した。

先生の奥さんと2人の娘さんと私達母子の6人で遊びに行った事も何度かある。水族館や遊園地等。動物園に行った時、私が浮かない顔をしていたので、先生の長女が「夏子ちゃんどうしたの？」と聞いてくれた。

「友子ちゃん、動物園に鬼いる？」と聞くと、「え〜鬼？　鬼なんか動物園にも世界中のどこにもいないよ」と言ってくれたので安心した。

孔雀やエミュー等、可愛い動物に目を細め、象やライオン等の怖い動物にも興味津々で目を輝かせた。檻の端から端までの間を永遠に往復しているかのような北極熊を見た時は「きっとあの熊はあんな風に時間を潰してるんや。まるでお祖母ちゃんの家でお母ちゃんの帰りを待ってる時の私のよう」と可哀想に思えた。

犀《さい》を見た時はとうとう泣き出してしまった。

「夏子ちゃん、鬼だけじゃなくて犀も怖かったの？」と友子ちゃんが聞いた。友子ちゃんの妹で、私より一つ年上の朝香ちゃんが、「夏子ちゃんが怖がってるからはよ次行こう」と、みんなを促してくれた。

母が、「夏子は怖がりの泣き虫なんや」と言っていたが私が泣いたのは、母がついた嘘のせいだった。遡る事1か月ほど前、いつもの自傷行為で髪の毛を引きちぎっているところを母に見られた。

「夏子何してるの？いつもそんな風に髪の毛抜いてたの？　そんな事してたらそのうち宇野見屋のおっちゃんみたいな頭になるよ」と言われたが、私もよく知ってるスーパー宇野見屋のおっちゃんはお年寄りで禿げてはいたが優しかったので「別に構へん」と答えた。

すると、「禿げるだけと違う。そんな事をしてたら、そのうち髪の毛のかわりに鬼のような角が生えてくる」と言われ、震え上がった。その時、母と『これからは絶対に髪の毛は抜かない』と約束の指切りをした。でも私は、その後も髪の毛を引きちぎる癖がやめられなくて、母の目を盗んでやっていた。だからお風呂で髪を洗う時は、恐る恐る地肌をチェックして、まだ角が生えてきてない事を確認し安堵していた。

角が生えているのは鬼だけかと思っていたら、キリンや山羊にも生えていた。でも犀の物は一番迫力があった。もしかしたら私にもあんな立派な物がもうすぐ頭から生えてくるのではないかと思うと、怖くなって泣いてしまったという訳だ。

幼い私が怯えていた事は他にもあった。幼稚園の園庭で鞠つきをしていた時、精悍な顔つきだがぼろぼろの格好をした男性が、大きな袋をサンタクロースのように肩にかけて私達の間を通りぬけていった。

その後ろ姿を見送りながら「こじき」と思わず呟いてしまった。すると美知代ちゃんが「乞食なんて言うたら、あのおっちゃん怒っていつかあの袋の中に入れてどこかに連れていかれるよ」と言ったので、また恐ろしくなって泣き出してしまった。

多分その男性は修行僧かなんかだったのだろう。勿論彼の耳にも私達の騒ぎは聞こえていたはずだ。彼は困っていただろうか？　それともそんな事さえ耳に入らないほど修行に集中していたのだろうか？　それから私は、その人が私を探しだし、「やっと見つけた」と言って袋に入れられ、連れ去られる夢によくうなされるようになった。

この世は怖い事に満ち溢れていると感じていた。

ぼっち地獄からの解放

ある小春日和の日だった。相変わらず窓の外を見て時間を潰していると、男の人が近づいてきて「お嬢ちゃん、さっきからずっとそこにいるけど、暇やったらおっちゃんとどこか遊びにいこか」と言って、私の腕を引っ張った。

「いや〜お祖母ちゃ〜ん」と叫ぶと、祖母が飛んできて「私の孫に何の用や」と凄い剣幕で男を追い払ってくれた。『おばあちゃん格好いい』と思いながら私は前から考えていた事を明日実行してみようと決心していた。翌日幼稚園で時々話す女の子に勇気を出して、「今日幼稚園が終わったら遊ぼう」と誘ってみたら「いいよ」と言われ大喜びした。

それからは幼稚園が終わると友達とどこかに遊びに行ったり、家に来てもらったりした。母は帰ってきた時、私が友達と一緒だったら「よう遊びにきてくれたね」と、とても歓迎してくれた。誰も遊ぶ子が見付からなかった時は、勇気を振り絞っておばちゃんのいる駄菓子屋さんに行って、「絶対に邪魔しないし、ここでおばちゃんと一緒にお店番させて」と頼んでみた。

私はようやく、ぼっち地獄から解放された。それからはストレスが軽減し、抜毛症や尿意を我慢するという肉体的自傷行為は治まった。それでも、精神的自傷行為は治まらず、というか癖になっていたので、わざと悪目立ちする事ばかりやっていた。

幼稚園にはノリオとヒサヤという漫才コンビのような二人組がいた。その二人から「夏子はアホ」と言われると、さすがに腹が立った。『私は字も読めるし書く事もできる（ひらがなだけだけど）。それに時計の見方も知っている。なんでこんな20まで数も数えられない本物のアホにアホと言われるのか』納得できなかったが、確かにアホと言われても仕方ない事ばっかりやってるからしょうがない。でも、いつもお芝居してるだけでこれは本当の私ではないんだ。じゃあどうして私は変なお芝居がやめられないんだろう？　と既にこの頃から本来の自分になるための長ーい多難の人生が始まっていた。

上級生になってすぐ、春の遠足があった。春と秋の遠足の日には母も来てくれた。でも今度の遠足には父が来てくれるという事だった。

当日、集合場所に一足早く行って父を待っていた。でも集合時刻になっても、出発時刻になっても、父は私の前に現れなかった。みんな親と2列になって歩き始めたが、私は1人で歩いていた。私は大切な事を忘れていた。その年から、年子の妹も入園してきて、父は妹と歩いていたのだ。

目的地まであと少しという所で、妹が「夏子ちゃん、この靴お父ちゃんに買《こ》うてもろた」と新しい靴を見せにきたので、その時に気がついた。

初めて遠足に参加する妹に同行するのは当然の事だがそれなら事前に、「今日は富悠子につくから夏子は悪いけど1人で歩いてくれ」と一言あってもいいのではないかと思った。靴は妹が靴擦れを起こしたから、そのへんの店で買ってやったらしい。でも、父の頭には『夏子も靴擦れを起こしているかもしれない』という心配はなかったようだ。それでも、帰りは私についてくれるかもしれないと思ったが、それも期待はずれだった。

父は私より妹の方が可愛いのではないかと、うすうす気付いていたが、その日、それが思い過ごしではない事がはっきりわかった。それ以降も、父親はあからさまに妹と私を差別している事を隠そうともしなかった。

義務教育

それから約1年後。遅く起きたある日曜日、父に「出かけるぞ」と言われ、町の病院に連れていかれた。そこには既に母と妹も来ていて、私は母から『小学一年生』という雑誌を渡された。

「夏子も来月小学生になるんやから今日はちょっと診てもらおうな」と言われ、まず耳鼻咽喉科に連れていかれた。私は鼻づまりが酷く、蓄膿症だった。

今のやり方は知らないが、当時は先生がこよりのようなもので鼻の穴をくるくるこする原始的な検査をやり始めた。嫌そうに顔を背けると、母が医者に「もう結構です」と言ってくれたので母に抱きついた。

その後、小児科にも行く予定だったが、私が行きたくないと言ったので、その日は家族4人で食事して帰った。そして買ってもらった『小学一年生』をその夜夢中で読み終え母に続きが読みたいと言うと、もうすぐ5月号が出ると言われたので楽しみにしていた。

5月号を買ってもらった数日後、私は小学校の入学式を迎えた。小学生になった私は、担任の先生があまりに怖い事にびびっていた。

推定45歳のズングリ体形の女教師、佐野まゆみ先生はいつもヒステリックに怒っていた。さすがの私もおとなしくしていた。体育の授業中に蝶々を追いかける事もなくなった。

テストの答案が返ってきた時いつも不思議に思う事があった。なぜか×ばかりで20点とか30点とか今にして思うと、酷い点数がつけられていた。こんなに上手に線がひけたのに、こんなにきれいに「まる」「ぺけ」が書けたのに、幼稚園ならきっと5重丸のはずなのに、小学校ってやっぱり厳しいんだなと感じていた。

ある時母に「夏子、テストの時は、問題をよく読みなさい」と言われ、問題を読むようになると意味がわかってきて、それからはまともな点数がとれるようになった。たまに100点をとると、母はとても喜んでくれた。

小学生になって初めてのバス旅行の前、母にうすいピンクのワンピースを買ってもらった。試着してみたらサイズもぴったりで、嬉しくてぴょんぴょん飛びはねていた。ちょうど父が帰ってきたので、私は誇らしげにそのワンピースを見せた。次の瞬間、父の顔色が変わった。そして母に向かって「お前はなんでそんなにセンスが悪いんや？　わしが明日もっといいのと交換してきてやる」と言った。

『嘘や、もっといいのなんか買ってくるはずない。私はこれが気にいってるんだからこれでいい』と言いたかったけど、父の剣幕が怖くて何も言えなかった。

翌日「夏子、昨日の服のかわりにこれ買ってきた」と紙袋を渡された。全く期待する事なく開けてみたら、予想以上に酷い物が入っていた。ベージュというか象牙色というか小学1年生が着るには渋すぎる色だった。こんな豚色の服着たくないと思ったが、欠席する事なくそれを着て旅行に参加した。誰も私の服の事には触れませんようにと祈っていたがある男の子から「夏子、おんぼろの服着てる」と言われて、また泣いてしまった。

そんな事もあったけれど、だんだん小学生生活にも慣れてきて、帰宅すると玄関にランドセルを置き、そのまま友達の睦美ちゃんの家に遊びにゆく事も増えた。テストで悪い点数をとってしょんぼりしてると睦美ちゃんのお祖母ちゃんが「夏子ちゃん元気ないね、ごはん食べてゆき」と手料理をご馳走してくれた。

「夏子ちゃんもっと食べ」と言われて、おかわりもした。でも私は、「ごちそう様です」とか「ありがとう」というような言葉を一切言わなかった。そんな態度をとってると親が笑われるという事は百も承知だったが、いかにも親から教えられたようなセリフを口に出すのが、当時の私にはどうしても恥ずかしかったのだ。

それでも友達のお祖母ちゃん（以降トモババ）はいつも私に優しく接してくれた。それは母のおかげだった。

トモババは母の勤めてるクリニックの患者さんで、母とは懇意だった。家では、トモババのお料理がおいしかった事や、うちのお祖母ちゃんもムッちゃんのお祖母ちゃんみたいに優しかったら良かったのにと話していたので、私の気持ちはトモババに伝わっていたのだ。

当然、それと同じ事を他の友達の家でやったら、翌日「お母さんに夏子ちゃんとは遊んだらダメと言われたので。もう遊ばへん」と言われた。それでもこの頃になると幼稚園の頃の呪縛もとけてきて、人間の頭に角が生えてくる訳がないし、あの時「乞食」と言ったおっちゃんが私を捜しにくるはずもないとわかり始めた。

2年生になると担任も佐野先生とは一回り若く、美人で優しい辻元佳子先生に変わってもっと楽しくなった。でも、それと反比例するように、母に対しては口答えをしたり悪態ついたりして困らせる事も増えてきた。幼稚園の時のぼっち地獄の反動というか、そういう形で母に甘えていたのかもしれない。

でも、授業参観の日、教室の後ろにずらりと並んだお母さん達を一人一人見ていった時、中には綺麗なお母さんもいたが『うちのお母さんが一番おかあさんや』と思っていたし、親戚の法事や近所の集まりで、かいがいしく作業する母を見た時、母に対して、たまらなく愛しさが込み上げてきて『もしこの人がいなかったら私は絶対生きてゆけない』と母がいてくれる事に感謝し、親孝行しなければと思うのだけど、すぐまた口答えしてしまうだめな私だった。

自虐の再発

3年生の2学期、長期休暇をとっていた担任の成田先生が職場に復帰した。

彼は若くてハンサムだったのですぐに人気者になったが、私は彼の代理で1学期間、授業をしてくれた年配女性教諭、原田先生の事が大好きだったので面白くなかった。

彼女は全身から優しさと温かさを漂わせていたが、時々厳しい事も仰った。

「今日という日は一度きり、もう二度と来ないのだから今日を一生懸命生きなさい」

「人がやりたがらない嫌な事は進んでやりましょう」等。

そんな立派な人間にはなれなかったが、原田先生の話は真面目に聞いていたので、その頃の成績はわりと良かった。だが、2学期からは急降下した。先生が替わったせいではない。その頃、何故か父が酔って帰って来る頻度がぐんと増えた。

母は「酔っぱらいに何を言っても無駄だから、父親が酔っている時は逆らわないように」と私達に言っていたが、私は酔ってる父親を見てると嫌悪感が込み上げてきて、つい反抗的になってしまう。当然、父のイライラの矛先は私に向けられ、ほぼ毎晩、父の説教を聞かされなければならなくなった。

酔っぱらいの戯れ言が延々と続く。母がもうそのくらいで、と助け船を出してくれると、父の苛立ちは母にも向けられ、毎晩もめていた。醜い言葉もたくさん浴びせられた。母の言う通り、父の言う事に逆らわず素直にきいていたとしても、結局最後は怒られて泣いてしまう。お説教より嫌だったのは、その後の謝罪の儀式だ。

「わかったか？　わかったら謝りなさい」と言われる。何が原因で怒られているのかもわからないのに謝りたくない。でも謝らないと拳骨がとんでくる。謝れば父の気が済むんだからと悔しさを押し殺し、「すみませんでした」と父に頭を下げる時、自分の心が歪んでゆくのがわかった。

そんな私の心を和らげてくれる悪魔の言葉があった。

『どうせ私の事なんかすべてどうでもいい』

最低の言葉だけど、怒りを鎮め、惨めさから自分を守るためには効果的だった。暫く鳴りをひそめていた自虐がじわじわと再燃した。

お説教が終わると父は寝てしまい、翌朝には何事もなかったように出勤してゆく。ちょっと前までは、父に可愛がられてる妹を羨ましく思っていたが、いつしか母にあの人と離婚してくれと真剣にお願いするほどに嫌いになっていた。

あの頃学校での記憶が殆んどないのは、幼稚園の時のぼっち地獄で習得した『辛い時は抜け殻状態になってやり過ごす癖』が身についていたからだ。

だんだん父が酔って帰る頻度もおさまってきたが、酔っていても酔っていなくても、父は私には冷たかった。

高学年になると新しい友達もでき、学校がまた楽しくなってきた。そしてクラブ活動が始まった。

私は迷う事なく鼓笛隊に入った。5、6年生になると運動会の入場行進の時等、色んな行事で笛を吹かなければならないのが憂鬱だったけど唯一、笛を吹かなくてもいいのが鼓笛隊だったからだ。

私はシンバルを希望したが、割り当てられた楽器は小太鼓だった。楽譜を見ると、ずっと叩いていなければならない。母に「小太鼓なんか出番多すぎ。これやったらまだ笛吹いてる方がましやった」と嘆いた。

次の日、母は玩具の小太鼓を買ってきた。母が楽譜を見る。私はメロディを口ずさみながら畳の上を行進して玩具の太鼓を叩く。リズムを間違えると「そこはたんたんたんと違うて、たたたんや」とだめ出ししてくれる。

新しい楽譜をもらうたびに母が特訓してくれた。母のおかげで運動会、文化祭等は堂々と演奏できた。もし母が練習に付き合ってくれなかったら、私はまた抜け殻状態になり適当に叩くふりしてやり過ごしていたに違いない。

洋裁の得意な母は時々私達に洋服を作ってくれた。生地を買ってきて採寸し、型紙を作り、だんだん洋服ができあがってゆく。母はとても楽しそうに作業していたので私も嬉しかったが、完成した物を姉妹で着て3人で街に買い物に行くと、たまに双子に間違えられる事もあって妹はふくれっつらをしていた。

私はそんな事より、これから買い物を終えたら外食ができる。その後は漫画を買ってもらえる。それだけを楽しみにしていた。

普段は落ち着きのない私が、漫画を読む時だけは、凄い集中力で昼休みに大音響の音楽室で読んでいて、ふと気がつくと周りに誰もおらず、5時間目が始まっていた事もよくあった。

読むだけではなくて、自分で書いた漫画をクラスのみんなに見せてあげたりもしていた。みんなから「上手だね」とおだてられ、将来は漫画家になろうと勘違いしていた。父親には何度も作品（?）を破り捨てられたが、漫画をかく事はやめなかった。やがて才能のなさに気づいて、それならば漫画の原案を作る人になろうと思い、頭の中でいつもストーリーを思い描いていた。

放課後は気の合う仲間達と学校中の探検をしていた。先生が鍵をかけ忘れた小部屋に忍びこんだり、体育館のステージサイドの板が1枚剥がれているのを発見して、その狭い隙間から中へ入りこんだり、自分達だけの秘密の場所、楽しそうな事、面白そうな事を見つける事にわくわくしていた。

お祭りやお誕生日には友達を招いたり招かれたり、なかなか楽しい学校生活を送っていたような気もするが、笑顔の裏ではやっぱりいつも悩んでいた。

私って、なんかいつも損な役回りばかり自ら引き受けている。変なお芝居するのをやめたいんだけどやめられない。どうしてもっと上手に生きられないんだろう等と考えていた。

そして家では相変わらず父親に冷たく当たられていた。

中学生になるとさらに悩みは増えた。同級生の女の子達が、もう何年も前に子供から少女へ成長しているのを見て、いつまでも子供ではいられないんだなぁと寂しく感じると同時に、私はまだまだ子供でいたいと激しく抵抗していた。

うちの母はとても巨乳だったので、絶対将来ああはなりたくないと願い、寝る前には胸をバスタオルできつく縛るのを忘れなかった。いつも子供っぽい私、笑い上戸で面白い私、それが自分に与えられた〝役〟と思いこみ道化《どうけ》のように振る舞うようになっていた。

中学には学年に生徒が320人くらいいたが、テストの前だけちょっと頑張れば、成績は中の上だった。当然テストの前すら勉強しなければ成績はどこまでも下がってゆく。時々クラスメートから、「夏子は賢い」と言われ気をよくしていたが「200番以内でしょ?」と言われ、こけそうになった。でも人の事は言えない。私も「千春ちゃんて賢いね、50番以内?」なんて言ってしまった事がある。

千春ちゃんも「賢いよ、少なくともあんたよりはね」とむっとしていたに違いない。

クレヨンを折るような毎日

でも、成績の事なんかどうでも良かった。それよりまず、自分に欠落している人間としての基本的な部分、自己肯定感がない事をなんとかしなければならないと考えていた。

私はその頃、まっさらのクレヨンをぽきぽき折っていた幼稚園時代の事をよく思い出していた。今の私の毎日って、まさしくあの頃のクレヨンそのもの。毎朝訪れるまっさらな

1日をクレヨンを折るみたいに簡単に壊していってる。このままいくと時間は容赦なく過ぎてゆき、情けない一生を送る事になるだろう。でもどうしたらそれを阻止できるのかわからなかった。

大好きだった原田先生の『毎日を一生懸命生きなさい』という言葉は、いつも頭の片隅にあったが、一生懸命とか精一杯とか具体的ではない事が私には苦手だったので、どうしたら一生懸命生きられるのかわからなかった。でも毎週見ていたテレビのクイズ番組で、スマートな司会者が冒頭に言う決め台詞にヒントを見い出した。

『現在は時間との戦いです』（さあ貴方の心臓に挑戦します、タイムイズマネー1分間で100万円のチャンスですと続く）それを、『生きてゆく事は時間との戦いです』に言い換えたら、ちょっと違う。『生きてゆく事は自分との戦いです』それもちょっと違う。『生きてゆく事は今との戦いです』これが一番しっくりきた。

一生懸命生きるという事は絶えず今との戦い。今この1分1秒に勝利してゆく、その積み重ねではないだろうか？と思い、翌日から実行する事にした。

朝、目覚まし時計がけたたましく鳴り響く。眠くて起きられない。あと10分だけ眠らせて、と目覚ましをとめようとする。その時、生きてゆく事は今との戦い、勝つの？　負けるの？　と自分に二者択一を突きつける。勝つ方を選択する事ができ、余裕で支度できた。

授業中も気味悪がられるほど先生の顔をじっと見つめて、話を聞き逃さないように集中した。いつもさぼり気味の掃除も真面目にやった。

悪友に「熱でもあるの？」とからかわれても、「別に」と一言。帰宅してからも宿題、復習としっかりやりあげた。

そうして寝る前、1日を振り返って「原田先生、一生懸命生きるってこういう事ですか？これで合ってますか？　それとももっと頑張らなければだめですか？」と語りかける。

当然そんな無理は続かない。翌日また元の駄目人間に戻ってしまった。

本当は一生懸命ではなく70点前後の生き方が私にはベストだとわかっていた。でも良い加減に頑張るという匙加減やファジーさは、ある意味一生懸命より難しかった。きっと私のような人間をオールオアナッシングと呼ぶのだろうなと思っていた。

引き裂かれた希望

相変わらず下手くそな生き方しかできなかったが、高校生になって少し変化があった。

夏休み、クラブの研修で近県の寺院・令明寺を訪れた。他校の生徒も合わせて30人くらいが参加したが、8割が女生徒だった。そしてそのお寺には同じ人数くらいの男性ばかりのグループが既に来ていた。

彼等がどういう団体かは衣装を見れば一目瞭然だった。下は小学生から上は30歳くらいの社会人まで。多分お寺の跡取り息子さんが、夏休みを利用して修行に来ているのだろうと思っていた。

一日目、仲良くなった他校の裕美子さんがあの集団の中に1人、とてもかっこいい男の子がいると言い出した。

「あの人達は修行に来てるんだからそんな事を言ったら迷惑よ」と言っていた私だったが、実際彼を見ると目がハートになっていたかもしれない。その夜ちょっとしたハプニングが起こった。

午後9時頃、裕美子さん達と入浴を終え脱衣所でコーラを飲んでいた時だった。

脱衣所の扉ががらっと開いて30歳くらいの男の人が、舐め回すようにこちらを覗きこんだ。でもその人にとっては間が悪い事に、みんな完璧に着替え終えていた。その人は残念そうに出てゆき、近くの階段を上がり、踊り場でぱっとふり返り、「男女混浴やったらえぇのにな」と言った。今の事は先生に報告するべきかどうか相談したが、あれこれ聞かれるのも面倒だし、被害もなかったので今回だけは許してあげる事にした。

翌日の自由行動の日、裕美子さんが昨日の覗き男を見付けて親しげに「ノッキー」と走り出していったので、私もついていった。覗きをしたからノッキーという訳か、そのわりには昨日の事には一切触れず、「どこから来たんですか?」なんて会話している。

私は勇気を出して聞いてみた。

「あのぅノッキーさん、お仲間に背が高くて髪の毛センター分けで、すご～くハンサムな男の子いるでしょ。あの人名前なんていうんですか？」

ノッキーは一瞬考えて、「あっそれは岩波良太や」と教えてくれた。

『そうか岩波さんか』と思っていると、ノッキーが後ろを振り返り「おい岩波ちょっとこっち来い」と言ったので私は凍りついてしまった。

「なんですか？　吉蔵さん」と言いながら、岩波さんがやってきた。ドキドキして死ぬかと思った。

私は超緊張しながらも、10分くらい岩波さんとお話しする事ができた。岩波さんは見た目だけではなく中身も誠実そうで、かっこよかった。少し年上かと思っていたら同い年で、家はほんの少し遠かった。

岩波さんに住所を教えてもらい、私達は文通する事になった。それからは研修中もずっと夢心地だった。甘～くこの上なくハッピーな気持ちに包まれた。こんな気持ちは生まれて初めてで、私も普通の人間やったんや、いや、もう少し図々しく言わせてもらえるならば、やっぱり私も女やったんやと感じた。間違いなくファーストラブだった。そしてもしかしたら、彼の存在が私の自虐体質を治してくれるかもしれない、自分を大切にできる普通の人間になれるかもしれないと期待した。と同時に、このハッピーな気持ちも半年も持てばいい方かもしれないと予測していた。

母が男の子と付き合うなんて事、許してくれないかもしれない。でも、もしかしたら手紙の交換くらいなら、平日は母も働いてるから、常に郵便受けを気にかけていたら、案外ずっと気づかれないかも。

でもそれは甘い考えだった。まさかあんなに早く破局を迎える事になろうとは。

研修から帰ってすぐ、彼に手紙を書いた。最初は自己紹介とか『令明寺には修行にきていらしたのに、こんな事になってしまって迷惑だったでしょう、ごめんなさい。ペンパルOKしてくれてありがとう』等の言葉を添えた。そして私は彼からの返事を待っていたが、最悪の状況で手紙は私の手元に届いた。

どうやら近所のお宅に誤配されていたらしい。誤配先の人から、それを渡された母は鬼の形相で、「これ誰や？」と私に詰め寄った。母に反対されるかもしれないとは思っていたが、そこまで怒りをぶつけられるとは。岩波さんの事は『人生って難しい』といつも悩んでいる私にとっては一条の光だったのに。

母は簡単に私から光明を奪い取ってしまう。そして絶対返事は書かないという条件で手紙を渡してもらえた。彼の手紙には簡単な自己紹介のあと、『夏休みに幸か不幸かナツとめぐりあった。めぐりあわせがあったなら、それは絶対、幸にしなければならないと思ってOKした』と書いてあった。

私は岩波さんとは始まったばかりなのに、あまりに早過ぎる幕切れに納得できなかった。だから浅知恵ながらも、友達のマヤちゃんに住所貸してと頼み込んで渋々了承してもらえた。

そして次に出した手紙には、『母が反対したので今度からは友達の住所に送ってほしい』とお願いした。それと『オイワの事が大好きだからずっと一緒にいたい。これからも末永く宜しくお願いします』なんて、まるでプロポーズのような事も書いてしまった。16歳の男の子がこんな手紙もらったら重すぎる、引かれるかもしれないと思ったがそのまま投函した。

お願いした通り、岩波さんはマヤちゃんの住所に手紙を送ってくれた。私は読む勇気がなくてマヤちゃんに読んでくれと頼んだが、マヤちゃんの表情が怖くてやっぱり自分で読む事にした。

親に内緒でこそこそやりたくないと書いてあったが、大好きと書いた事に関しては迷惑ではなさそうだった。『ナツの事はただの文通相手じゃなくてそれ以上のものになってほしい。僕は手紙はちょっと苦手、できたらナツに直接会ってみたい』と書いてあったので安心した。そう、私と岩波さんはナツとオイワと呼びあうようになっていた。

秋も深まった頃、母に内緒で文通している事がばれた。母は私の部屋が汚いから掃除するという名目で、時々私の部屋を点検する。手紙など見られたくない物は鍵つきの箱に入れ、しっかり保管しておいたが、母はその時ある物を見つけた。それは、友達が夏休みの旅行のお土産でくれた『幸福行き』の切符だった。

今はもう存在しないけど昔、幸福という名の駅があった。その駅が北海道にあるとは知らない母は、私が彼とその駅に行ったのではないか邪推して、外出先から帰ってきた私を問い詰めた。

「もう、いや〜こんな家。出ていってやる〜」と、着の身着のまま家を飛び出してしまった。辺りはもう暗かったが、てぶらで出たのでバスに乗るお金もなかった。連れ戻されるのがいやで近所の親戚の家にも行かなかった。

家の裏は田んぼが広がっている。田んぼの真ん中には、お百姓さんが農機具などを入れておく小さな小屋があった。さすがに中には入れないが、小屋の壁に体育座りでもたれて、そこで一晩明かすことに決めた。

何時間かして、小屋の横の小道を歩く足音が聞こえた。母が私を捜してるんだとわかったが、暗いし小屋の前には色々な物が山積みになっていたので見付からなかった。

かなり長い間そこにいたが、私はそこで眠る事ができず結局夜中の3時頃家に帰った。鍵は開いていた。母も起きていたようだった。その夜、父が不在で本当によかった。

翌朝、母は何も聞かなかったし、私も何も言わず学校に行った。こんな思いをするのはもうたくさんだと思った。彼にはもう連絡しないと決めた。

あの頃の私に彼を思いやる心の余裕はなかった。ただ母親に腹が立っていた。その少し後、幸福行きの切符の事がメディアでブームになっていた。友達にもらったその切符は、例の騒ぎのドサクサでどこかにいってしまった。一度は手にした幸福行きの切符をなくした事はまさに親のせいで、私は幸福にはなれない事を象徴してるような気がした。

それから数か月後の新年、岩波さんから年賀状が届いた。手紙が来ない事を心配して、『元気なんですか？』と書いてあった。次の年も彼からの年賀状は届いた。

『夏子、途中のままで終わってしまった貴方の事を☆△○◎』

その部分は辞典にも載ってない横文字だった。いずれも返事は出さなかったがこんな最低の私の事まだ覚えてくれてたんだと思うと、胸が痛んだ。

手紙

同じく高校生の頃、手紙にまつわる不愉快な思い出が2つある。

2年生の文化祭の一日目、出番を終えて更衣室で着替えている時だった。同じクラスのいずみと玲子がやってきて、「夏子、荒川さん来てるよ」と言ったのでびっくりした。

「別に何にも約束してないし関係ない」と答えると、玲子は、「夏子の事、連れてくるって約束したんや、早く行こう」と私の腕を引っ張った。

「ちょっと待ってよ、私、別に会いたくない、絶対嫌や、怖い〜」と、私はその場にへたりこんでしまった。いずみと玲子は呆れて行ってしまった。荒川望さんは別に怖い人ではない。むしろ逆に優しすぎるほどいい人なのだ。

出会ったのは夏休み、いずみと玲子と一緒にプールでアルバイトをした時。私達高校生は売店の売り子さん、荒川さん達大学生はプールの監視員として。荒川さんは当時活躍していた俳優、西あゆむさんに似てると評判だった。

彼のファンだった私は、『似てない事もないけど、荒川さんの友達の建部さんの方がずっとかっこいい』と思っていた。でもバイトの親睦会の後、たまたま荒川さんに家まで送ってもらう事になり、色々お話ししてからお互い意識するようになった。

別の日、バイト仲間で花火大会に行った時、荒川さんは、まるで引率の教師のように切符を纏めて買ったりして、私達を仕切っていた。花火が見える場所に着くと家から持ってきたござを敷き、みんなを座らせた。きわめつけは鞄から蚊取り線香を取り出し火をつけたのを見て、私はかなり冷めてしまった。そしてその日もまた家まで送ってもらった。

それから彼は、家の事情で他の人より早くバイトをやめる事になった。最後の日、いつになく強引にお茶に誘われたけど、行かなかった。夏休みが終わってからその時のバイト仲間から「荒川さんが杉田さんに会いたがってる」と何度か電話をもらったが断っていたら電話は来なくなった。

彼とはそれっきりと思っていたのだけど、まさか文化祭に来るとは…。私は外をうろうろしてると、どこかで荒川さんに会うかもしれないので、そこに立てこもっていた。

翌日、いずみと玲子から「荒川さんに何かされたのか」と聞かれた。

「何にもされてない。あ〜でもちょっと気色の悪い事、言われた」と答えると、二人は興味津々。目を輝かせてきたので思わせ振りに、「泊まる所は別々やから大丈夫って言われた」と言うと、玲子が「夏子、荒川さんに旅行に誘われたの？」と、食いついてきた。

げらげら笑いながら「ちが〜う。旅行に行ったのは荒川さんと荒川さんの妹や」

いずみが「お兄ちゃんと妹で旅行するなんて随分仲のいい兄妹やね」と言うので、私は『そう思うやろ？　私も妹と二人で旅行に行って何が面白いの？』という意味で「え〜妹さんと2人で行くの？」と聞いたら、「ユースホステルに泊まるから寝る場所は別々や」と言われて、ちょっと気色悪かった。

「確かにちょっと気持ち悪いけど、それだけ？」、「う〜ん、荒川さんは優しいけど私の望んでいる優しさとはちょっと方向が違うかな」と言うと、2人は訳わからんという表情で行ってしまった。

それから数日後、荒川さんから手紙が届いた。当然の事ながら怒っていた。『この前は会ってもらえなかったけど僕の事が嫌いなんですか？　嫌いなら嫌いとはっきり言ってくください。電話待ってます。もし僕が不在の場合は電話に出た家の者、誰にでも言付けてくださって結構です』と書いてあった。

『荒川さんのご家族って仲がいいんだなぁ』と、そこは羨ましかったけど、ご家族に本音を言えるはずはないので、手紙を書く事にした。

『好きじゃないという意思表示は充分したはずなんですけど』

それくらいでやめておけば良かったのだが、「貴方は西あゆむさんとは全然似ていない。でももしかしたら二日酔いの時の西あゆむになら似ているかもしれない」なんて余計な事を書いてしまって自己嫌悪に陥った。

勿論それ以来連絡は来なくなったが、後味は最悪だった。今から思うと私は荒川さんに対して〝蛙化現象〟を起こしていただけかもしれない。

話は夏休みに遡るが、一足早く荒川さんがバイトを辞めてからというもの、バイト仲間から「荒川君がいなくなって寂しい?」と言われる事にうんざりしていた。でもたった一人、荒川さんの友達の建部さんにだけは「荒川がいなくなってほっとしてるやろ」と言われた。そして私が自分（建部さん）の大切な友人を傷つけてしまった事を軽くたしなめられた。

ある日、建部さんにお茶に誘われた。もしかしたら彼は自分の言った事で私が傷ついていると勘違いしたのかもしれない。でも建部さんと何度かお茶を飲みに行ったり、買い物に付き合ってもらったりしていると楽しかった。

彼の前ではよく喋り笑った。

「夏子といると面白い」と言われる事が何より嬉しかった。

そうこうしてるうちにプールの営業期間は終わろうとしていた。最初は2週間くらいで辞めるつもりだったが、結局最後まで働いてしまった。

バイトの最終日、報酬をもらったが、私はなぜか私より短い期間しか働いてない人より金額が少なかった。

いずみから「夏子は荒川さんが辞めたとたん建部さんに乗り換えたから、ばちが当たった」と憎たらしい事を言われたが、他の人は「能力給なんてないから、ただの計算間違いだろう。事務室に行って聞いといで！」と言ってくれた。でも、そんな事言いに行くのは嫌だったし、たいした仕事もやってないのでこれでいいと諦めた。でも今後こんな事があったら、その時は白黒はっきりさせようと自分を納得させた。

そんな事よりも、建部さんも今日がバイトの最終日なんだから、どうしても昨日書いた手紙を監視員のロッカールームにいる彼に渡したかった。でも、今さらだけど恥ずかしかったので友達に頼んだ。数分後、彼女は申し訳なさそうな顔をして戻ってきた。

彼女の話によると、建部さんに手紙を渡したら、「ちょっと待って」と言ってすぐ戻ってきて、「もう読んだしこれ返しといて」と言われたらしい。『うそ～昨日もデートしたやん、帰り際、また明日ねと笑顔で別れたのに、なんで突き返すの？』とショックを受け帰宅し、その手紙は机の奥にしまいこんだ。

2学期が始まってすぐ、建部さんから電話があった。うちは猛犬注意ならぬ鬼母注意の家だと知ってるくせに、よくかけてこられたなぁと訝しく思いながら、母から電話を受け取った。

私―「もしもし」

建部―「電話がないからこっちからかけてみた。元気？」

私は、『手紙突き返しておいて何言ってるのよ』と思いながらも、鬼母が聞き耳立てているかもしれないので当たり障りのない事を言って切った。

それから数か月後、年末の大掃除で机の引き出しの整理をしていた時、その手紙が出てきた。私はもう処分してしまおうと、封筒ごと破り始めた。中から便箋が出てきた時、ちょっと違和感を感じてストップ、ストップ、ストーップと脳に命令したけど、行動がついてゆけずまだ破いていた。

なんだ、そういう事だったのかと納得した。破いた封筒から出てきた便箋の文字は建部さんの字だった。

以前雑貨屋さんで、あるキャラクターのレターセットをお揃いで買った事を思い出した。

バイトの最終日、私からの手紙を受け取った建部さんは、自分が私に書いてきた手紙とすり替えて友達に渡していたのだ。それに気がつかなかった私もばかだけど、「もう読んだから返す」なんてまぎらわしい言い方しなくてもいいのに、彼からの手紙を読みたくてしょうがなかったけど、セロハンテープで繋ぎ合わせる事もできないほど細かく破っていたから諦めるしかなかった。

でもその手紙を確実に読んだ人が1人いる。母だ。鍵のかかる箱には入れておかなかったので、母が読んでいないはずはない。だからといって母に何て書いてあったの？　とは聞ける訳がない。メールやラインでやりとりできる今の子が本当に羨ましい。

ひとかけらの愛情も欲しくはない人

以前は大人になる事に涙ぐましく抵抗していた私だったが、いつの間にか周囲から大人として扱われるのが不快ではなくなっていた。人並みにナンパもされるようになった。

大人って悪くはないと思った一番の理由は、自分で稼ぐ事ができるからだった。両親から経済的に自立する事ができたら干渉される筋合いもなくなる。憧れの一人暮らしを夢見ていた。昔はぼっち地獄に怯えていたが、5歳の一人と18歳の一人は全く違う。

その頃こんな事があった。新しく買ったコートを母に見せていた。母は「ええの買《こ》うたね」と誉めてくれたが、その時父がやってきたので「ヤバイ」と思ったが手遅れだった。案の定「そんな下品なコートはお前が着るには早過ぎるから返品してこい」と言われた。

これのどこが下品？　色も焦げ茶で渋め、デザインも普通、値段も手頃、私これ選ぶのに1時間もかけたんやけど、あ、もしかして冗談？　と思ったけど冗談ではなかった。不本意ながら、悲しい気持ちで返品しに行った。代わりに母が買ってきたコートこそ派手だったが、父は何も言わなかった。

その頃になるとさすがに私も気付いていた。小学1年のバス旅行の時、ピンクのワンピースを豚色の物に交換されたのもその時と同じ。私の得意気な表情が鼻についたからに違いない。

普通の親は子供の嬉しそうな顔や喜ぶ顔を見たいそうだが、うちの父は私の悲しそうな顔やがっかりした顔を見るのがお好きなようだった。だから父親の前では決して、楽しそうにしないように普段から心掛けていたけど、つい油断してしまった。

こんな事もあった。中2の時、他校に赴任した1年の時の担任水野先生に級友5人で会いに行く事になった。クラス委員だった史子ちゃんが先生にアポを取りセッティングしてくれた。

その日の夕食時、母が何気無く、「夏子、今度の日曜、先生の家に行く時…」と話しかけた。父の顔がわずかに曇った事を察知した私は、禁断の言葉を口に出してしまった。

「行ってもええやろ」

言った瞬間、後悔した。私が「○○してもいい？」と聞いて父親がいいと答えたためしはないからだ。

案の定、もっともらしい理由をつけて駄目だと言われた。父親の意地悪は枚挙にいとまがない。暴言もしょっちゅうで、時々暴力もあった。物を勝手に捨てられる事もよくあった。お菓子の缶の宝箱、中には折り畳み式ドールハウス、気になっている男の子からもらったお土産のキーホルダー、大好きな漫画家さんのキャラクターノート等、中学生の私にとって夢一杯の宝物で高級石鹸もひとつ入れておいたのであけるたび、いい匂いがして、しあわせに包まれた。それを捨てられた時はさすがにキレタ。

全く羨ましくはないが、父はよく妹だけにお土産やプレゼントを買ってきたりしていた。それに、わが家の2回目の増築の時、私と妹の部屋もそれぞれできた。私は自分の部屋に満足していたが、妹の部屋を見て驚いた。私の部屋の2倍の広さだった。いや、そんな事はどうでもいい。私が嫌いなのは父親の普段の小さな意地悪の積み重ねなのだ。

いつしか私もどうしようもなく父親を嫌いになっていった。仮に父親に、私に対する愛情という物があったとしても、貴方からは、ひとかけらの愛も欲しくはありませんと自ら拒否していた。

父は、最初の子は男の子が欲しかったそうだが、だからこそ女で良かったと思っていた。男の子なら大切にされたかもしれないが、色々期待されてもっと大変だったに違いない。別に父親に大切にされなくても立派に育っている人は沢山いるので、私がこんな風に育ったのは父親のせいだとは思ってないが。

そんな親から離れ、卒業後は一人暮らしがしたいと考えていた。でも家を出る事は大反対された。

社会不適合者

家からちょっと遠い和装小物、呉服用品の祥栄商事に就職したのは、その会社には社員寮もあったし地方に支店もいくつかあったからだ。折を見て寮に入るつもりだったが、寮は男性社員専用で地方への異動が認められるのも営業の男性だけという事を入社してから知った。

どうしても諦められない私は、会社の近くにアパートを借りたいと訴えた。家賃を払ったら生活してゆくだけでカツカツ、貯金もできないのなら何のために働くのかと即却下された。結局家から通勤する事になったが2週間くらい経つと自分が社会不適合者だと悟った。仕事の内容とか人間関係より、毎朝早起きして満員電車に乗り、毎日同じ人達と会い同じ仕事をして午後5時まで時間を拘束される事に、ものすごーくストレスを感じるようになった。

もう辞めたい！　でも辞めて何をすればいいんだろう。転職しても同じような勤務形態だろう。今さら漫画の専門学校なんて……自立もできない。週3、4回くらいのパートの仕事なら楽に真面目に働けると思った。でもそこでまた小学校時代の原田先生の「毎日を一生懸命生きなさい」という言葉を思い出した。嫌でも我慢して働き続ける事が「一生懸命生きる」という事につながるのかも知れない。とりあえず会社を辞めるのはやめた。でもやっぱりかなりしんどかった。

まだ20歳未満、充分若いはずなのに肌はくすみ、いつも疲れてイライラしていた。遅刻はしょっちゅう、仕事が暇なのをいい事に、よく更衣室で漫画を読んでいた。

その頃の私の愛読書は4コマのギャグ漫画だ。ストーリー漫画は無理だけど、4コマ漫画家になら私もなれるかもしれないとまた夢みたいな事を考えていた。

いつも人を笑わせる漫画のアイデアを考えていたら、いつの間にか自分が笑い者になっていた。おまけに嫌われ者のはみ出し者だった。人が眉をひそめるような事をわざと言ったり、逆にお世辞を言いまくったり相変わらずの自虐ぶりだった。

ゴキブリを1匹見つけるとその15倍は潜んでいると聞いた事があるが、人一人に嫌われると、その人のネットワークでその10倍以上の人に嫌われるという事も学習した。

色んな事があった。ある日、階段の1番上から後ろ向きに落下して、床で後頭部を思いっきり強打した。不思議な事に痛みは感じなかったが、体全体がじりじりと痺れとても嫌な予感がした。

呆然と歩いていると同期の今日子ちゃんが「どうしたの？」と声をかけてくれた。

「今、階段から落ちて後頭部を思いっきり床に叩きつけた」と言うと、「病院行った方がいいんじゃない？　私ついていってあげるわ」と上司に掛け合ってくれた。

普段は意地悪な坂田上司も外出を許可してくれて、出ていこうとした時、坂田が「おい、階段大丈夫やったか」と半笑いで聞いてきた。

今日子、大爆笑。

私、怒りでわなわなと震えていた。

『人が死ぬかもしれないと心配している時にお約束のつまらないギャグ言いやがって、もっと状況を考えてから言え、このハゲー』と今の私ならそう叫んでいたところだが、当時は何も言い返せなかった。

結局、会社の近くのクリニックと母の勤務先と総合病院で診てもらい、大丈夫だろうと診断されたけど不安は残った。

坂田より偉い小柿上司は柿の種という渾名の通り見た目も中身もちいせえやつだった。日帰り出張の精算書を提出したら、「私鉄で行った方が○円安いのになんで私鉄で行かなかったんだ」と注意されたり、居残りしていたら「遅刻して残業っておかしいだろ」と言われた。

『確かに今日私は2時間遅刻しましたが、今やっている仕事はさっき頼まれたもので、今朝の遅刻とは関係もありません。そもそもそう勘違いされないように残業申請しておりませんので残業代は発生しておりません』と、今の私ならみみっちい指摘には皮肉をこめて反論するところだが、当時はそんな長台詞を言うのも邪魔くさいので「すみません」の一言で済ませた。そして『どうせ私の事なんかすべてどうでもいい』という相変わらずの言葉で慰めた。

2年目の冬、賞与の明細を同期の仲間達と一緒に見ていた。そしたらまたというか、やっぱり私の分は、みんなより4万円少なかった。

柿の種の心証が悪い私には当然の事かもしれないが、4万円と聞いて思い当たる節があった。

翌年成人式を迎える私は2、3か月ほど前、社内で仮絵羽仕立《かりえばじた》ての反物を買った。販売部門の担当者、上原さんに「お安くしてくださいね」と普段から軽い気持ちで言っていたら、ある日、内線電話で呼び出され、展示場に行った。無人の展示場には、沢山の仮絵羽仕立てが陳列されていて、「この中から気にいった物があれば持ってきて」と言われ、母の気に入りそうな柄を選んで持っていった。すると上原さんは、それに付いてたプライスの札をぱっと別の物に付け替えた。それには最初の札より4万円安い値段がついていた。上原さんに「この事は誰にも口外しないように」と言われ頷いた。手続きをしてもらうため事務員さんの所に持って行ったら、「定価で買うの？　常務に言ったら安くしてもらえるよ」と言われたが、「このままでいいです」と答えると思いっきり不審そうな顔をされた。

賞与がちょうど4万円少なかったのは、その不正がばれたせいではないか、上原さんとはそれ以来、口をきいていない。今の私なら便宜をはかってもらったお礼に、心ばかりのお返しの品を贈っていたはずだが、当時の私はそんな考えは及びもしなかった。

同じく成人式のために帯も買った。帯の担当者も直接業者と交渉して、かなり安くしてくれたにもかかわらず、感謝の気持ちを形に表す事はなかった。私は本当に常識が欠落していた。

そしてもうひとつ思い出したのが高校生の時、プールでバイトをした時の事（前述）。その時、今度そんな事があったら必ずうやむやにしないで、理由を聞きにいくと問題を先送りにしていたが、今こそ、その時がやってきたと思った。でも総務の給与担当者の所に乗りこみに行くなんて事したくない。そんな事をすれば事を荒立てて恥の上塗りになるかもしれない。それでも、というか、だからこそ私は言いに行く事に決めた。これは自虐ならではの、発想の転換かもしれないけど、いつも自分を変えたいと願っていた私は、人間どん底まで堕ちれば後は這い上がってゆくだけという何処かで聞いた言葉を信じていた。

もし言いに行って恥をかいて、どん底におちたとしても、恥をかく事はいっときの不幸、でもそれで自分が変わるきっかけになれば、一生のお得ではないか。だから大胆にも行動を起こしたが予想通り玉砕、どん底まで堕ちて大泣きして、それまでの自分をリセットして新たに生まれ変わる予定だったが、せっかくの恥は有効利用できず、ただのかき損になってしまった。

そしてそんな風にかき損になった恥達は嫌な思い出として心の奥に沈澱し、やがてトラウマとなってゆく。

犯人を見付けて！

ある時期、女子更衣室で連続盗難事件が発生した。私は会社が警察を呼んでくれると信じていた。女子更衣室で発生したからといっても、容疑者は女子社員だけではない。だから警察が科学的な捜査を行って犯人を割り出してくれる事を望んでいた。

ところが会社は更衣室の壊れているロッカーの鍵の修理をしただけだった。私はどうしても警察を呼んで欲しかった。呼んでもらわなければ困るのだ。なぜなら犯人は私だとみんなから疑われているのではないかと懸念していたからだ。

更衣室で「今日子ちゃんお金貸して！』「え～また～」なんてやりとりを堂々とやっていたので私がお金に困っている事はみんな知っていた。でもそれは、我が家が貧乏だからではない。勿論お金持ちではないが。

父は潰れる心配のない会社で真面目に働いていたし、うちには借金やローンもなかった。ただ私のお給料はすべて母が管理していた。毎月お給料から一定額を強制的に貯金に回され、残りの金額をお小遣いとして受け取っていた。でも、それが洋服や靴や化粧品等で消える事は殆んどなかった。

ストレス解消のためのお菓子と漫画。自分を変えるヒントが見つかるかもしれないと自己啓発本や瞑想の本等もたくさん買っていた。でも、それらは読む事もなく本棚に山積みになっていた。

そんな計画性のなさで、お給料をもらって2、3週間も経てば、いつもすっからかんだった。だからみんなに貧乏人と思われるのは平気だが、さすがに泥棒とは思われたくなかった。第一、私には無人の更衣室で人のロッカーを開けて、鞄の中を物色する度胸は絶対にない。みんながロッカーに鍵をかけるようになって盗難はなくなったようだが、犯人は意外な人物だったのかもしれない。

結婚なんて私には絶対に無理

その頃、職場で「杉田いくつになった?」と聞かれ「21」と答えると「適齢期やね」と言われ、ショックを受けた。21が適齢期かどうか知らないが、年齢を言うと結婚に結びつけられるのが嫌で、弱冠21歳の若さで年を言いたくなくなった。

22になると嫌でも周りから結婚の話が聞こえ始めた。「○○が結婚した」とか「△△が子供を産んだ」とか。そして23になると、私にも初めて結婚式の招待状が届いた。その頃付き合っていた、年下の彼、中西達也にも「夏子ってもう23やろ? 女性の23て、そろそろ結婚を意識する年頃違う? いつまでも僕みたいな学生と付き合ってもいいの?」と自分を当てにされても困る的な発言をされた。彼にはとっくに〝蛙化現象〟を起こしていたが、それを克服するためだけにつきあっていたようなものなので、その場でお別れした。

彼と同じく、職場の男性社員達も私は早く結婚したがっている、というか既に焦ってると思われていたようだ。

なんでみんな、なんの取り柄もない女は結婚したがってると思うのだろう？　結婚するという事は男の人の身の回りの世話をするかわりに、経済的に養ってもらう事だと当時の私は考えていた。

私は料理や掃除等の家事は極力やりたくなかったし、何より苦手なのは早起きだ。それに人とはいつも一定の距離を保っていたかった。だから女同士、旅行に行った時も自分だけはシングルルームに泊まる。それが一番快適だ。睡眠中の寝言、鼾、歯ぎしりなんて誰にも聞かれたくないし、聞きたくもない。結婚すると、恋人でいる時には気づかなかった生々しい人間的な部分をお互い見たり聞いたり感じたりしなければならない。プライベートな空間に他人がいるという事が無理なのだ。それに毎日同じ事をする事にストレスを感じる私には、ＯＬ生活より結婚生活の方がさらに難しいと容易に予想できた。

私に結婚式の案内が届くと、父は明らかに不機嫌になって「お前はいつ結婚するんや？」と聞いてきた。あれだけ意地悪をした私の結婚を人並みに望んでるなんて親のエゴって凄いなと感じていた。父いわく、私は割れ鍋か綴じ蓋を見つけなければならないらしい。

初恋の人と再会

親のエゴという訳ではないけれど、生まれた瞬間から親に人生を決められていた人もいる。高校生の時、少しの間、文通をしていた初恋の人、岩波さんだ。

彼は今、跡を継いで住職になったのだろうか？　それとも別の道を進んでるのだろうか？

彼の事が再び気になり始めた。近況も知りたかったし一言お詫びも言いたかったので『あの頃は本当にご迷惑をおかけしてごめんなさい』と葉書を出した。

ある地方都市の大学に進学した彼は、そこで放射線技師の免許をとり、そのまま地方の病院に1年ちょっと勤務した後、家業を継ぐために実家に戻ってきたタイミングで私の葉書が届いたらしい。

やっぱり跡を継いだのか。当然だろう。彼は私と違って大切に大切に育てられたのだから。

時々電話で「人生って難しい。上手に生きる事ができない」なんて話を聞いてもらっていたが、大切に育てられた彼には私が何をそんなに悩んでいるのか理解できないようだった。

そしていよいよ会おうという流れになった。

昔、私がプロポーズのような台詞《せりふ》を手紙に書いた事を彼は覚えているだろうか？　あの頃は二人とも子供だった。でも今、彼は大人になり、私も年齢だけは大人になった。満を持して私達の物語が再び動き出すのだろうか？　再会するというのは、結婚も視野にいれての事なんだろうか？　だとしたら会うのはまだ時期尚早ではないか？　でも彼は間違いなく私の初恋の人だ。

あの頃も思ったが、彼が私の自虐を治してくれるかもしれない。でも手紙が届いただけでもあれだけドキドキしたのに、会ったら心臓麻痺で死んでしまうんじゃないだろうか？

今度の日曜は私の命日になるかもしれないと本気で心配していた。でも大丈夫だった。

日曜日、私が指定した場所に止まっている○○県ナンバーの車を見た時、肝がすわった。

「おいわさん、久しぶり」と軽く挨拶して車に乗り込んだ。

7、8年ぶりに会った彼は相変わらず格好よかった。最初は当たり障りのない話をしていたが、会ってわずか10分、彼の一言でガーンとショックを受け、また抜け殻モードに陥ってしまったので、それから後の事はよく覚えていない。

前日、彼のお父さんから「明日どうするんや」と聞かれ、「○○で杉田さんと会う」と言ったら「ああ文通してた子か」と父親が言ったと聞かされ、とても驚いた。

彼と文通していた期間はたったの3か月ほどだ。それなのに彼の父親が私の事を認識していた事がとても怖かった。彼にご両親とお姉さんが2人がいる事は知っていた。その事でちょっと失礼な事を手紙に書いた事がある。

「おいわの両親が頑張ってやっと生まれてきた長男なんだから、家の跡は継いだ方がいい」なんて恥ずかしい事を！　品行方正な彼のご両親が彼宛の手紙を読んだとは思えないが、彼はたまたま3番目に生まれてきただけで、ご両親も男の子が生まれるまで、頑張った訳ではないのかもしれない。

いずれにしても、末っ子で長男の彼はご両親にとって宝物のような存在である事は間違いない。その大切な宝物に近づいてくる女の事を、彼のご家族が気にならないはずはない。彼が放射線技師として勤務していた病院でも、彼に近づいてきた女性はいただろう。だけど、お寺の跡取り息子だとわかると『自信がない』とみんな離れていったのかもしれない。

初めて彼の背景にある大きなものが、リアルに感じられ、やっぱり彼に会った事を後悔した。彼が父親を尊敬している事もよーくわかった。

やっぱり彼は育ちがいいお坊っちゃまだ。家柄という意味でもそうだけど、それ以上に家族みんなが仲のいい家庭で育った人は、それだけで育ちがいいと私は思っている。そう、私は彼と違って育ちの悪いガラッパチ。彼の前から消えなければ。

夕方どこかのお店で食事をとった時、彼は「ナツ次の日曜日は?」と聞いてきた。

「次の日曜日もその次も、そのまた次も全部ダメー」とヒステリックに言い放っていた。

その日の帰り、車を降りる時、私は彼にちゃんとお礼を言っただろうか？　心はどこかにぶっ飛んでいたのでそんな常識残っていたかどうか自信はない。再び傷つけるような形になったけど、もうこれが最後。私は彼の車を見送る事もせず、すぐに反対方向に歩き始めた。

退社へ

そしてその頃、職場の地味な先輩、松田みのりさんから結婚の報告を受けた。失礼ながら彼女も割れ鍋か綴じ蓋を見付けたんだと寂しく感じた。

私の表情を勘違いしたみのりさんに、「大丈夫、杉田さんにもその内いい人が必ず現れるよ」と慰められた。

結婚は私には向いてないけど、一生独身でいるのもどうなんだろう？　同じ苦行なら多少うっとうしくても、親孝行ができて寂しくない方を選ぶか、無理しない楽な生き方を選ぶか、それとももしかしたら、私の超現実的な結婚観を覆してくれるほどの人がこれから現れるかも。「結婚なんて絶対にしたくないと思ってた。貴方に会うまでは」なんて台詞を言える日がいつか来るかもしれないと、結婚にあこがれを持とうとも考えた。

いずれにしても、私はもう結婚について真剣に考えなくてはならない時期に来たんだと思うとまた動悸がし始めた。

うじうじ悩んでいると、また例の肉体的自傷行為が再発した。抜毛症、そして膀胱がぱんぱんになっても尿意を我慢し続ける癖。

とうとう、血尿が出た。母の勤めるクリニックで診てもらった。『尿道がとても荒れている。血尿は一時的なものだろうけど、またあったら今度は紹介状をかくから大きな病院で診てもらうように！　これからは絶対にトイレの我慢はしない事』と言われ、薬をもらい母も私もひと安心した。

母に、「夏子、もうお昼やからご飯食べに行こう」と近くの喫茶店に連れていかれた。母は食べ終えるとすぐに仕事に戻っていったが、私は暫《しばら》くそこに残っていた。今日は私が来たから喫茶店に連れて来てくれたけど、普段はクリニックの空き部屋で粗末な手製のお弁当を食べているのだろう。ごめん、お母さん、孫は抱かせてあげられへんわ。私は多分、家庭を持たない方を選ぶと思う。

人に合わせて生きてゆくより、のんびり自由にやってゆきたい。それを孤独な人生とか、嫁の貰い手がなかったんかとか、意地悪な事を言う人は必ずいると思う。でも別に人に哀れと思われないために生きているんじゃないし、自分の価値観で生きてゆく。そう思うと本当に気持ちが楽になった。

それからすぐ母は肝臓を悪くし、入院した。そして退院後、長年勤めた緒川クリニックを辞めた。それからさらに1年後、そのクリニックの院長が亡くなった。医者としての腕はいいかもしれないが、「最近の患者は往診に行っても、万札の1枚も渡しやがらへん」と平気で言う院長の事を好きにはなれなかった。でもやっぱり主治医をなくした事は、不安だった。

さて、そろそろ会社も辞めなければならないと思っていた。居心地の悪いこの職場こそ荒波で岩が削られてゆくように自分を変えてくれる場所だと信じて居座ってきたが、色んな事を学べたのでもう充分だ。それに辞めたらやりたい事があった。そのくらいのお金は貯まったはずだ。でも、その前に脳外科に行かなければならない。

20歳前、会社の階段から落ちた事をずっと気にしていた。あれ以来、頭痛持ちになった。それにトランポリンや縄跳び等、頭を上下させる運動をすると必ず具合が悪くなる。あの時、骨がずれてるかもしれないと言われ、整形外科しか行かなかったけど、あれだけ後頭部を強打して何もないはずがない。もしかして将来どこか身体の一部が麻痺するかもしれない。障害は後からやってくるというのはよく聞く話ではないか。だから、この会社にいるうちに脳外科を受診しなければと思っていたが、脳外科はやっぱりハードルが高かった。

何度かトライしてみた。大きな病院に行き、最初は歯医者さんとかを受診する。そしてその勢いで脳外科にもと思うのだが、その作戦はいつも失敗に終わった。でも病院は怖い所ではない、安心するために行くんだ。診察が終わったらおいしいものでも食べに行こうとついに勇気を出した。詳しく検査してもらい、大丈夫と診断された。これで会社を辞められると思ったのは社会人になって、丸5年が過ぎた頃だった。

本来の自虐癖や訳のわからないイライラで周囲に反発していたので、ズタボロに言われたりしたけど、あの頃の私は泉のように涙が出たから悲しい事は泣く事で昇華できた。そしてそれ以上に笑い転げた事もたくさんあった。

数少ない同期の友人、今日子ちゃん。美津恵さん、久代さん達とは笑いのツボを共有し、笑い過ぎて過呼吸になった事もある。

彼女達にも失礼な事を沢山言ってきたが、そんな私と最後まで仲良くしてくださった事は本当に感謝している。

潜在意識

会社を辞めて母に、「ヨーロッパに一人旅がしたいので半年間の自由と私の貯金の中から200万円をください」とお願いしてみたが、全く相手にされなかった。

あーもう、なんで私は自分の人生なのにやりたい事が自由にできないんだろう？　と親を恨んだ。

ヨーロッパ一人旅のかわりに許されたのは1週間の国内旅行で、おまけに新たなミッションとして1年間の見合い地獄が始まった（前述）。

たまに独身の友達と会って話す事もあったが、彼女達もみんないい人がいれば早く結婚したいと前向きに考えているようだった。でも彼女達が両親から早く結婚しろと、圧力をかけられてる様子は微塵もない。うちはちょっと異常だと感じていた。

さて、見合い地獄の傍ら、以前、買って読まずに本棚に積読状態になっていた瞑想の本を読み始めた。そこには初めて聞く言葉がたくさん出てきた。

潜在意識、言霊《ことだま》、因果《いんが》の理《ことわり》等。内容は、『潜在意識の力を利用すれば貴方が欲しいものは、すべて手に入れる事ができます。但しそれにはちょっとしたこつが必要です。潜在意識の力を最大限に有効活用するための一番の方法は瞑想です』という事で、色んな瞑想方法が解説されていた。私も試してみたが、呼吸法や長時間同じ姿勢でいても疲れない、結跏趺坐《けっかふざ》という座り方等、邪魔臭い事も色々あって瞑想法をマスターするには至らなかった。でも、瞑想というワードは私に希望を与えてくれた。

そしてその頃、もうひとつ、初めて聞く言葉があった。それが人工肛門、ストーマだ。

私は小さい頃から酷い便秘で、1週間ない事もざらだった。石のような固い物を産み落として座薬のお世話になる事もあったし、出血も時々あった。直腸の肛門に近い場所にがんができると手術で肛門ごとがんを取り除かなければならない。同時に左脇腹にストーマ造設術を施し、便はそこから出るようになる。便秘や痔を甘く見ていると大変な事になるから一度大きな病院で腸を検査してもらったらどうかと母に勧められ驚いた。

世の中にはまだまだ私の知らない事が沢山あるんだなぁと感じたが、検査を受ける気にはならなかった。でもその頃から直腸がん、ストーマは私にとって軽く恐怖の対象となった。

瞑想の本の他に、詩集や歌の本もよく読んでいた。

『稲つけば、かがるわが手を今宵もか殿の若子が取りて嘆かむ』という短歌を読んで「その気持ちとてもよくわかる」と共感した。

万葉集の東歌で稲をつく時の労働歌だそうだ。昔、農家の娘たちが昼間はこんなに辛いけど、夜になればお殿様が、このあかぎれた手を撫でてくれる。そして愛してくれる。そんな妄想でもしなければ厳しいお百姓仕事なんかやってられなかったのかもしれない。私もそれに倣って、辛い毎日を乗りきるためにお殿様のような存在を創る事にした。どうせ妄想なんだから、自分とはなんの接点も共通点もない高嶺の花、〝蛙化現象〟も起こらないほどの雲の上の人。そういう人を王子様に見立てて、『今は見合い地獄の日々だけどいつか王子様と巡り会える』と妄想し、本来の自分とは真逆の官能的なキャラクターを作りあげ、シンデレラストーリーを描いたりもした事もあったが、全く現実逃避できなかった。

我が家から避難するためだけに出勤し続けた日々

会社を辞めて1年くらい経った頃、朝起きて居間に行くとテーブルの上に求人広告が広げてあって、そのうちのいくつかに赤いマジックで大きな○印がつけられてあった。多分そこに面接に行ってこいという母からの指令なんだろうけど、それを見たら悲しくて泣きそうになった。

私はいつもこんなにも悩んでいるのに、前の会社を辞めたのも、少しは貯まったお金を使って「生きづらさを克服する方法」を模索したかったからなのに、散々意に沿わない見合い話をこなしてきて、今度はまた働けというのか。新たな職場を見つけたとしても、また以前と同じような情けない人間関係しか築けないに決まってる。

でも、もしかしたら母は、私には結婚は無理だと諦めてくれたのかも?

「もしかして私、もう見合いしなくてもいいの?」と聞くと、「あんたが自分の稼ぎでゆったり生活してゆけるほどの甲斐性があったら別やけど、そうじゃないから結婚は絶対してもらう」と言われて恐ろしくなった。

　こうなったら何処でもいいから毎日働いて、なるべく家にいる時間を少なくしようと、フルタイムの仕事を探し始めた。

　東京に本社のある金融会社が隣の市に支店を開設する事になり、そこの面接を受け、なんとか採用された。そして某日、市内の雑居ビルの一室に社員が集められた。

　女子社員が私を含め3人、営業担当の若手男性社員が4人、本社から赴任してきた店長と係長の合計9人、面接は本社の人事部長がしてくれたので全員が初対面だった。

　最初の田中勝直店長との顔合わせ面談の時、開口一番、「その年で独身なら焦りもあるだろうし」と当然のように言われ、「あーここでもこれか」と思ったが、そのあと「俺はあんたみたいな適齢期過ぎの女に手を出すなんて事、怖くてできない。結婚を迫られたら困るから」と続いたので、口をあんぐり開けて驚いた。

『泣き寝入りするにも限度があるから、普通はアンタにやられたら警察行くか、遺書を残して自殺するかの二択やわ。結婚を迫るなんて意味不明や！』と内心思いつつ、「好みじゃないです」と吐き捨てるように言いながら、結婚しないとバカにされるというのはこういう事かと感じていた。

　それにしても最初の会話が手を出すのが怖いだなんて、この会社って大丈夫なんだろうか？　と思ったが家にいるよりずっとましだと思い直した。

さて、営業の若手男性社員達はすぐに本社に研修に行ったので、留守を預かる私達女子社員は、会社の備品を買い揃え、机と椅子しかなかった空間を暖かみのある職場に変えていった。そして社史を学び、渡された分厚い名簿をもとにアンケートと称して電話で情報を収集していった。

他の女子社員、吉井美緒さん、鈴江綾さんとは年齢も近くて3人で喋っていると、どんなつまらない話題でも盛り上がり、いつも大爆笑していた。

吉井さんは美人でスタイルも性格もよかった。鈴江さんも、とても可愛くていつも幸せそうに微笑んでいた。それもそのはず、彼女は某宗教の熱心な信者で、同じく信者の彼がいた。だから彼女に言わせれば、私は当然の事、その宗教に入信していない人は吉井さんでさえ可哀想な人と思っているような節があった。だから笑顔の奥に心の闇を抱えている私は、鈴江さんにとって救うべき哀れな存在、熱心に入信を勧められた。ずっと自分を変えたかったし、鈴江さんのように幸せそうでいられるならと、誘われるままに宗教行事に参加していたが、いざ入信となるとズボラな私にはその宗教は無理そうだったし、何より親が怒り狂っている顔を想像すると怖くて入信できなかった。それでも会社では仲良くしていただいた。

その年の暮れ、興味深い話を吉井さんから聞いた。店長と一緒に赴任してきた30過ぎ、独身の山元係長が吉井さんに好意を持っていた事は気付いていたが、彼がついに行動を起こしたらしい。12月中旬の忘年会の時、吉井さんの隣の席になった山元が、吉井さんの耳元で囁いた。

「初めて会った時から吉井さんの事が好きだった。どんな宝石をプレゼントしたらプロポーズOKしてくれる？」

吉井さんは冗談だと思って適当に答えていたらしい。そうして迎えたクリスマスイブ間近の休日のお昼、山元から電話がかかってきた。携帯電話なんてなかった時代、その電話にちょうど吉井さんが出た時、山元は、『ようし、第1関門突破』と思ったかもしれない。わぁー開口一番「メリークリスマスなんとかかんとか」と英語でまくしたてたらしい。山元らしい気障っぽさ！　噛む事もなく用意していた台詞もちゃんと言えて第2関門も突破。

「吉井さんが欲しいと言ってた指輪買ったよ、今夜会おう」と誘ってきた。でも残念ながら吉井さんの答えはノーだった。

「ごめんなさい、結婚を前提に付き合ってる彼がいます。今夜も彼と会う予定なんです」がーん、山元は奈落の底に突き落とされた訳だが、私はなんて皮肉な話なんだろうと思っていた。なぜなら吉井さんと彼との仲をとりもったのは、山元自身といっても過言ではないからだ。

営業の若手社員たちが本社に研修に行ってまだ営業部が稼働していなかった頃、山元が「ちょっと銀行に記帳に行ってくれない？」と吉井さんに頼んできた。山元は吉井さんに自分の預金通帳を見せる事で「山元係長って結構貯めこんでるのね、素敵！」と思わせる計算だったのかどうかは知らないが、それが見事に裏目に出た。

吉井さんは、なかなか銀行から帰って来なかった。40分くらい経ってようやく帰ってきたので「遅かったね、何してたん？」と聞くと、銀行から帰る途中、一台の車がブーブー、クラクションを鳴らすのでナンパだと思って無視していたけど、ドライバーの顔をよく見たらなんと元彼だった。それで彼とお茶を飲んできたらしい。

それがきっかけで、そんな所で再会するとは予想もしてなかった二人は運命的なものを感じ、急接近して婚約に至ったという訳だ。

あの日、あのタイミングで山元が吉井さんに記帳を頼まなければ、二人はそのまま一生会う事はなかったのかもしれない。しかもあの頃の吉井さんに彼はいなかったはずだ。だからといって山元に入る隙があったかどうかはわからないが……。

吉井さんが元彼と再会した頃、こんな事があった。私は自席で事務作業をしていた。私のすぐ後ろで吉井さんがその場に座り込んで床を磨いていた。私が椅子をちょっと後ろにずらした時、彼女のスカートの裾をキャスターで踏んでいた事には気付いていなかった。勿論本人も気付いてなくて立ち上がろうとした時、ゴムのスカートをはいていたため、スカートがお尻の辺りまでずりさがり、店長と山元にパンツを見られたという話を後で聞いて、とても申し訳なく思った。

でもその後で「もうちょっとええパンツはいてたら良かった」と彼女が言ったので、またげらげらと笑ってしまった。そんな面白い吉井さんが私は好きだった。でも、もし万が一、私が山元係長の事を好きだったとしたら、いや、それはあり得ないので、もし職場に私が好意を寄せている人がいて、その人が吉井さんの事を好きだったとしたら、それでも私は吉井さんを好きでいられただろうか？　それとも？　不幸にしてそれと同じ状況が次に勤め始めた弱小広告代理店で発生した。

錯覚の恋

まるでプレハブ小屋のような建物の弱小広告代理店を初めて見た時、なんだかとても嫌な感じがした。中に入ると中年男性が15人ほどいた。なんだか化石のような人達、きっとここでも結婚していない事でいじられると予感し、とてもこの中に溶け込んでゆく自信はないと気持ちが萎えた。この時、もう若くはないと思っていたが、まだ25歳だった。

朝礼の時、本部長がみんなに私を紹介してくれた。誰も私に興味ない様子だったし私も誰にも興味はなかった。

色んな人がいた。私は彼等に密かに渾名をつけていた。チャバネゴキブリ、ちんまりえびす、えろむっつり、組長、カバタさん、海坊主、ぞうアザラシ、フーテンのトシさん、やさおさん、豪放磊落《ごうほうらいらく》もどき、そしてここで1番偉いクワガタ店長等。因みに『豪放磊落もどき』とは豪放磊落を装っているけど、ほんまに豪放磊落やったら、その頭の上にいつも乗せてるもん取ったらどうやねんと思っていたからだ。

その他はだいたい見た目の通り。隣の席のチャバネゴキブリから早速強烈な洗礼を浴びせられた。

会社に来客があると「あの人はまだ独身や」とか「あの人はこの前離婚したばかり」等、なんの興味もない情報を、結構大きな声で言われて心は煮えたぎっていた。

またある日は、新聞の結婚相談所の広告を見ていたチャバネが「結婚できないやつ沢山おるんやな」と言った。そしたら、前の席の本部長が「君程度の相手やったら、いっぱいおるんや。でももっとええ相手を見つけたいから、みんな結婚相談所に入会してきよるんや」と言ったので『本部長グッジョブ。まさにその通り、みんながあんたの奥さんみたいに理想が低い訳じゃないのよ。チャバネ墓穴掘りやがった』と溜飲が下がった。

でも一番苦手なのは、やさおさんだった。一見、優男という感じだが、初対面の時から優しそうな物腰の裏に隠された底意地の悪さを感じ、この人ってなんだかとても怖いと本能的に警戒していた。

予感は的中した。ある日、机の引き出しを開けると『チョコレートと幸せになる花束を差し上げます』というメモが入っていた。メモの文面だけを見たら豪華なブーケとお洒落なチョコレートが入っていそうな感じだが、実際メモと一緒にあった物は、いかにもバレンタインデーに誰かにもらった義理チョコだった。しかもひとつ食べてあった。飾りのフェルト製のショボイ造花を花束と呼ぶセンスが凄いと感じた。

誰がくれたかは字を見ればすぐわかった。クワガタ店長だ。こっそりごみ箱に捨てた。そしたら後日、クワガタから「君はお礼も言えないのかね」と言われたけど、まさか根に持たれているとは思わなかった。

それから数日後、外出先から帰ってきたクワガタが、私を見て「さっき町で物凄く綺麗な人を見かけて、見とれてたらお腹が大きかったわ。綺麗な人、早く売れるからね」と言ったので、『あ、もしかしてお礼を言わなかった、仕返しですか?』と思ったが、そんな言葉には1ミリも傷つかない私は「そうですね」と返した。だがその時、周りの空気がちょっとざわついた。

クワガタの言葉に近くにいた社員達が「一言多いんや」と口々に非難し始めた。でもそのざわめきの中で、かき消された、やさおさんの小さな呟きを、私は聞き逃さなかった。私が一番言われたくない台詞をついに言われてしまったのだ。

彼は下卑た笑いを浮かべながら、「ふっ、綺麗な人、はよ売れるやて、羽鳥さん、どうですか？」と言ったのだ。羽鳥さんというのは会社に3人いる独身男性の1人だ。勿論嫁にもらってあげたらどうですか？　という意味だ。近くに独身の男女が一組いると、二人の境遇、年齢、好みがどれだけかけ離れていようと、『独身同士どうですか？』的な事を半笑いで言ってくる人はどこの世界でもいるものだ。

いきおくれ、いかず後家、貰い手がない等の言葉には全く平気だが、そういうからかわれ方は私一人が嫌な思いするだけでなく相手にも不愉快な思いをさせてしまうから、絶対言われたくない言葉だった。

クワガタの言葉よりそっちの方がずっと傷ついた。私はやさおさんにも私を擁護してくれた人達にもクワガタにも声を大にして言いたかった。

『私、本当に結婚願望はこれぽっちもないんです～』

それは私の本音だが、その理由を簡潔に説明する事もできなかったし、何より負け惜しみに聞こえるので何も言わなかった。母が言ってた『結婚しないとばかにされる』という言葉がまた頭をよぎった。やっぱりここでも、結婚したいと思われている。私はまたしても職場での居心地が、悪くなっていった。でも会社の人は所詮他人だから面白がって言ってるだけ。だけど家ではのんびり寛いでると両親から「あんた、そんなにのんびりしてる場合？　もっと自分の将来の事、真剣に考えたら？」なんて、何かにつけて嫌味を言われてしまう。そんな我が家から避難するためだけに、会社に来ていたといっても決して過言ではなかった。

でも、意外にもその会社に好きな人ができた。というのは正確な表現ではない。家でも職場でも居場所がなかった私は、恋人というより身内というか気軽には肩を寄せる兄のような存在が欲しかった。そんな時、ばったりと会社の剛田昭彦と街で会ったのが運のつきだった。かっこいい訳ではないし仕事はよくさぼってるし、給料日には借金取りが会社の前で待ち伏せしている。しかも既婚者、正常な状態なら好きにならない。

居酒屋に連れていってもらい料理を食べながら話している時、剛田がご自分の奥さんを誉めた。その時、ちょっと驚いた。既婚者が自分の嫁を誉めるのを初めて聞いた私は新鮮さを感じ、さえない中年と思っていた剛田を少し見直した。私には絶対に無理だと思っている結婚生活を、この人はスマートに送っている。ただ者ではないのかも？　何故かそう思った。

それからよく食事に連れていってもらうようになった。10歳近く年上の彼を、まさに兄のように感じていた。

かっこいいお兄ちゃんもいいけど、面白いお兄ちゃんも悪くはない。普段は無愛想な彼が、私の前では面白い人になってくれるのが嬉しかった。時々口紅の色変えたん？とか夏用の化粧にしたん?とか女心をくすぐるような事を言われた。剛田を好きでいる事は、くさやの干物の美味しさがわかるグルメな大人の女になれたような気持ちだった。でも時々言われる嫌な言葉は私を正常な状態に引き戻してくれた。

「杉田君の事は好きやけど結婚する気はないし」

『私もないわ。、ナイナイ、どうせ結婚するならあんたよりましな男が今までいっぱいいたし、それに元々あんたの愛妻家のところに興味持ったんやし』

「つきまとわれたら困る」と言われた日には『誰がお前になんかにつきまとうか』と心の中で毒づきながらも、怒ってその場から立ち去ろうとしない自分を、プライドのない情けない奴と思っていた。本当は剛田の事なんか好きでもなんでもないんだとわかっていた。だけど、家にも職場にも居場所のない私は、家から避難するためだけに会社に来てるんじゃなくて他の理由も欲しかった。

奥さんに申し訳ないと思いながら、この苦しい毎日から逃れるために、このまま彼を好きと錯覚していたい気持ちは残しておきたかった。

第二次見合い地獄

そんな私にまた見合い話が持ち上がった。もうすぐ27歳になる頃だ。相手は2つ年上の公務員で、いやな言葉ではあるが条件がよかった。

私は意外にも乗り気だった。一番いい形で、剛田とも嫌な会社とも離れられると思ったし、私みたいなのがいつまでも独身でいると世間は厳しいと散々思い知らされたからだった。

それに見合い相手の『しらとり』という姓がとても気にいった。もし白鳥さんと結婚してみて、やっていけそうなら儲けものだし、やっぱり無理、一人が楽と感じたら離婚して、それからも白鳥姓を名乗り続ければ、一生白鳥夏子でいられると目論んでいた。

だが結局、彼との縁も見送ってしまった。白鳥さんは悪くはなかったが彼を紹介してくれた岡嶋多羅尾、みきこ夫妻が最悪だったからだ。

私が言うのも変だが、ええ年をしてあまりにも非常識な連中だった。

彼等は毎日連続で我が家へやってきた。

月曜日……帰ったら宴の跡があった。近所の人の紹介で、呉服屋の社長夫妻が私に見合い話を持ってきてくれたらしく、お相手の釣書を渡された。父母大喜び。明日夏子に会いに来られるから早く帰ってくるように、それと今日のうちに釣書を書いておけと言われた。

火曜日……言われた通り早く帰ってくると、既に宴会は始まっていた。初めて会った岡嶋夫妻は50過ぎの恰幅のいい紳士と上品そうな奥様で、第一印象は決して悪くなかった。ところがこの夫婦、午後11時を過ぎても帰ろうとしないのだ。ようやく彼等が帰ったのは日付が変わった後だ。おまけに肝心の釣書を忘れていった。

水曜日……釣書を取りにきたという口実で、彼等はまた我が家にやってきた。そしてその日も遅くまでばか騒ぎをして帰っていった。

木曜日……帰ると岡嶋夫妻の隣に白鳥さんはいた。思ってた通りの好青年だった。白鳥さんも父母も岡嶋夫妻も上機嫌だった。おばさんの方が「明日、どこかに連れてってもらったら？」と言ったけど明日は金曜日、もしかして夫妻が「今日のデートどうやった？」という口実で夜遅くにうちに来られたら、たまらない。「どうせなら会社が終わってからではなくて日曜日のお昼から会えませんか？」と言って了承してもらえた。あーこれで少なくとも明日明後日は岡嶋夫妻に会わなくて済むとほっとしていた。

翌日の金曜日、午後9時頃、バスを降り、うちの方を見て愕然とした。客間にまた灯りがついているのだ。嘘？　まさか今日もあいつら来てるの？　わなわなと震えながら客間に行くと、おばさんの方が「お帰り」と言った。テーブルの上にはドーンと何かのお刺身が乗っている。彼等は夕方やってきて、昼間趣味の釣りで獲った魚をうちの台所でさばいたという話を聞いて仰天した。

台所なんてプライベートな空間に踏み込まれるほど親しくはない。どこまで無神経で馴れ馴れしい奴らなんだろう。

『あのぅ帰っていただけませんか？　今日で連続5日目なんですけど、私、明日も出勤なので早起きしなければならないんです。毎日毎日こんな馬鹿騒ぎに付き合ってる訳にはいかないんです』

そう言えたらどれだけスッキリするだろう？　その日も私には全く興味のないおっさんの自慢話や、武勇伝を延々と聞かされた。トランプを使ったチマチマしたマジックに、驚くふりをするのにも疲れ果てていた。

一刻も早くお引き取り願いたいと、わざとらしく何度も時計を見たが全く通じなかった。おばさんの方も、「貴方ご迷惑だからそろそろおいとましましょ」なんて言わない。こいつらこそ、似た者夫婦の典型だ、どうか明日は来ませんようにと祈っていた。

日曜日、白鳥さんとデートの、待ち合わせ場所の喫茶店に行くと岡嶋夫妻は背後霊のように彼にはりついていたが、コーヒーを飲み終えるとすぐに出ていった。

それを見届けてから白鳥さんに、「ねえ岡嶋さんてどう思う？」と聞いてみた。間髪入れず、「とても尊敬してます」という答えが返ってきて失望した。そして、「さあその岡嶋さんお薦めのお店に行きましょう」と高級そうなレストランへ連れていってくれた。

岡嶋夫妻は、何も酔狂で結婚紹介所のような事をやっている訳ではない。ひとつ縁談がまとまれば、結婚式で着る高額の衣装を両家から買ってもらえる。店舗を持たない呉服屋だからそういう形で営業活動をしているのだ。

私の海外旅行代がもったいないと言う母親も、結婚式のためなら惜しみ無くお金を使うだろう。もし白鳥さんとの結婚が決まれば、今後ますます彼等と会う機会は増える。その度、夜中まで居座られたらたまらない。下手したら一生の付き合いになるかもしれない。

『この人とはないな』と結論を出した。

その後はいつものだんまり不気味作戦で、断られ待ちに出た。白鳥さんとお別れして、これで岡嶋との縁も切れたと思っていたら、彼等はすぐまた次のお話を持ってきた。

『えー、そうじゃないのよ。あんた達が嫌いなのよ。もう二度と私の前に顔を出さないでください』と土下座でもしたかった。24の時に続いて、さらに不毛な第二次見合い地獄の始まりだった。ひとつ、お話を終わらせても、暫くすると彼らはまた次の話を持ってきた。よく人材が続くものだ。でもやっぱり白鳥さんが一番良かった。自分達の人脈の中から最優良物件の白鳥さんを真っ先に紹介してくれた事には感謝していたが、いい加減に何回見合いしても無駄だという事を、岡嶋夫妻にも両親にもわかってほしかった。

次第に私は不眠になり、瞼が腫れ上がり顔全体がむくんできた。だから別にだんまり作戦にもっていかなくても会った瞬間、相手に引かれ、すぐに断られる事もあった。それでも岡嶋夫妻から話があれば、黙って従うしか選択肢のない私だった。

夏子の人生は夏子のものなんだから好きにしろ、という考えの親なら、こんな惨めな毎日を送らなくてもいいのに。私はいつまで親に自分の人生を邪魔されなければならないんだろう？　もう色んな事に疲れ果てていた。

いびつな三角関係

27歳になったばかりの頃、職場ではちょっとした変化があった。3歳年下の女性が、営業助手として会社に入ってきた。

初めて彼女、和田房江さんを見た時、なんて剛田好みの人だろうと思った。彼女はお嬢様学校を卒業した24歳の女性。頭も良さそう、仕事もできそう。顔だって悪くないが、美人というとお世辞になる。でもいつもまぶたが腫れあがり顔がむくんでる私が隣に並べば美人に見えるかもしれない。それまで、アイドルさながらの可愛いクラスメイトや同僚は沢山見てきたが、彼女のように熟れたお色気をむんむん漂わせている人は初めてだ。中肉中背、プロポーション抜群のボディー。手足も細く長く、おまけに足のサイズまで22センチメートルと小さいらしい。

その日、駅まで一緒に帰る間、「スタイルいいですね」とふったら色々話してくれた。剛田は私といる時でも、グラマーな女性を見るといつも釘付けになっていた。そんなゆきずりの女性はどうでもいいけど、ドストライクの女性が職場に入ってきて、あの剛田が心を奪われないはずがない。剛田が他の女性にメロメロになってゆく姿を近くで見続けなければならないのは残酷過ぎる。

私はその日、帰宅して今後の傾向と対策を考えた。選択肢は2つ、和田さんを選ぶか剛田を選ぶか。因みに、両方と仲良くするほどの器用さは私にはない。それぞれの近未来の展開を予測してみた。

その1、和田さんを選んだ場合……明日からは剛田の事は無視して和田さんと仲良くする！　これほど剛田が好きという錯覚を断ち切るためのいいきっかけはない。和田さんはきっといい友達になってくれるだろう。居心地の悪かった職場も、彼女のおかげできっと楽しいものになるはず。

その2、これまで通り剛田が好きとほざき続けた場合……和田さんはそのうち自分に向けられる剛田の熱い視線に気付くだろう。その時、和田さんはどんな態度をとるだろうか。無視するのか、それとも面白いから、からかってやろうと逆アピールする。そんなタイプの女性かもしれない。そして私はそんな二人の事が気になって、ますます職場での居心地が悪くなってしまう。

いずれにしても、剛田を好きでい続けたら彼女に対して泥々の感情を持ってしまいそうだ。それに私の27年間の人生が、まるで骨粗鬆症の人の骨密度みたいにすかすかなのとは対照的に、24年間の人生を無駄なく歩んでこられたような和田さんは何事にも自信たっぷりで、コンプレックスのかけらもないように見受けられた。今日は初出勤なので緊張しておられたが、そのうち仕事にも慣れ、会社の人達とも打ち解け、どんな話題をふられてもそつのないスマートな受け答えをして、たちまち職場のアイドルとなってゆくだろう。そんな和田さんと仲良くしなければ、社員さんたちは、みんなが和田さんばかりをちやほやするので私がおもしろくなくて彼女に嫉妬してると思うに決まってる。

確かに颯爽としたかっこいい社員さんばかりの職場なら、それもあり得るかもしれないが、和田さんがくたびれたおじさん達のアイドルになったからといって誰が羨ましいと思うだろう？　そして剛田も間違いなくそのくたびれたおじさんの中の1人なのだから。ただでさえ結婚を焦ってると真逆の勘違いをされているのだから、これ以上、不名誉な誤解をされないためにも。あんな男の事は本当は好きでもなんでもない事は自分でも気づいてるじゃないか。ええ加減に目を覚ますんだ。いくら自虐の夏子でも、どちらを選択するのが正解かわかるでしょ！　と自分に言い聞かせた。

でも理屈ではわかっていても、行動が伴うか伴わないかが、お利口とバカの違いだ。

翌朝、剛田に「杉田君おはよう」と挨拶され、私の決意はへなへなと脆く崩れさった。彼を嫌いになる事なんかできない。やっぱり私は筋金入りのバカだった。最大のチャンスを逃してしまった。自分の選択が間違ってる事はわかっているのに、どうして泥沼の道を進もうとしてるのか？　間違ってても女のサガ等ではないが、やっぱり自虐のサガかもしれない。

予想通り社員さんのアイドルとなった和田さんは、豪放磊落もどきの事を「野性的でカッコいいわ、誘惑しようかな」なんて言い出した。豪放磊落もどきの次に誘惑されるのは剛田かもしれない。

勿論私は、和田さんとは一切口をきかなくなっていた。

ある時、和田さんが「社員さんはみんないい人達、仕事も面白いので会社に来るのが楽しい」と言っているのを聞いて、貴方くらいの経歴があれば、もっとエリート社員が沢山いそうな大手広告代理店にでも行けるのに、こんなさえないおっさんばかりの会社で満足してるなんて、いい人なんだなとも思っていた。やっぱりあの時、和田さんと仲良くする方を選ぶべきだった。でも、もう完全に手遅れだった。たった3歳しか違わないのに年齢の事でマウントをとられたり、和田さんも完全に私を嫌っていた。というより蔑まれていた。

職場でセクハラされ放題の和田さんは「もうこの会社っていやらしい人ばっかり」とよ

く言っていた。胸のあいた服から、時々ヘチマのような物が見えてるからセクハラされるのも当然だと思っていたが、男の人達もそこまでバカではないから気付いていた。『一番いやらしいのは和田や』とみんな言っていた。私も残念な場面を目撃してしまった。

私の斜め前の席のえろむっつりと剛田が、何やら話しこんでいた。話が終わり剛田が出ていこうとした時、えろむっつりの席の後ろの狭い給湯スペースでお茶を淹れていた和田さんが、体の向きをくるっと反転させ剛田の方に向き直り、ご自分のGカップの胸をぐっと突きだした。

剛田は怯えた表情でそれをガン見しながらも、横を通りぬけようとするが、微妙に和田さんも身体の向きを変え、剛田の前に立ちはだかる。まさに、おっぱいとおせんぼの攻防が繰り広げられていた。

和田さんは、私が初めて出会った露出狂の痴漢と同じ種類の笑いを浮かべ、剛田の表情を見ていた。そして、私はそんな二人を交互に見ていた。まさに歪な三角関係の縮図だった。私も昔、胸にバスタオルさえ巻かなければ、今頃はおっぱいとおせんぼのひとつやふたつできたかもしれないのにと若気の至りを後悔した。

私は益々やつれてゆき、和田さんはますます女っぷりに磨きがかかっていった。

それから間もないある雨の日、私はついに見てしまった。夕方会社から剛田と和田さんが寄り添うようにひとつの傘をさして、駅とは反対方向に歩いてゆく後ろ姿を。残念ながらあの二人がどこかへ行って何もないという事はあり得ない。今夜、剛田はヘチマを堪能するのだろう。和田さんを最初見た時から、いつかこんな日が必ずくると思っていたけど、とうとう来たか。でも私はその事が悲しいのかショックなのかどうでもいいのか自分でもよくわからなくなっていた。

革命

「お父ちゃんが定年を迎えるまでには、なんとかなってほしい」というのが、その頃の鬼親の口癖だった。私は29歳になっていた。そして父が定年を迎えるのが私が30歳の時なのだ。

恐ろしいのは、定年退職をすれば父が殆んど毎日家にいるという事だ。いくら会社を辞めたくても、いくら岡嶋夫妻の事が蕁麻疹ができるほど嫌いでも、重症の更年期障害の母親と世界で一番怖い父親がタッグを組んで、私を結婚させようと必死になっている事に勝る恐怖はない。その恐怖から避難するためだけに出勤している私は、会社でも迷惑な存在だった。どうしたらアイツを辞めさせられるか、会議の議題にもあがったことがあるかもしれない。

私の心は、例によって抜け殻状態に突入していたので、あの頃の記憶は殆んどない。抜毛症や尿意を我慢する肉体的自傷行為も既に再再発していた。

私の膀胱が尿で満タンになって1センチメートルくらい表面張力を起こしている。それでもまだ我慢し続けるので、膀胱は耐えきれなくなって表面張力分の尿が何かの拍子にザーと体外に排出される。そんな症状がよく起こっていた。

そして頻度は減ったけど、相変わらず岡嶋夫妻紹介の見合い地獄は続いていた。そうこうしている間に私は、30歳まで秒読み段階になっていた。

ある日、ふと思った。このまま流れに任せていると、第3次見合い地獄に突入するかもしれない。30歳まで後3か月。両親は岡嶋に見切りをつけ、今度は結婚相談所に入会させられるかもしれない。そして私は、高額の入会金を支払って紹介してもらった人にも断られ待ちをしなければならないのか。絶対に嫌だ。その前に革命を起こさなければ。

革命には血が流れるのがつきものだ。思いっきり傷つき、血を流してみよう。でも革命を起こすには、私の場合トリガーが必要だと、また自虐的な考えが思い浮かんだ。

カバタさんだ。初対面の時からやさおさんの底意地の悪さは見抜いていたが、カバタさんの事は、どこにでもいるカバに似たおっさんとしか思わなかった。でもとんでもない癖者だった。カバタさんが電話の向こう側の人や会社の人にも「誰かワシをとめてくれー」と言わんばかりに、醜く怒鳴りちらしている姿をよく見かけた。典型的な弱い者には強い、強い人には弱いタイプ。私はよく『こんな奴、放し飼いにしとかないで檻に入れて鍵かけとけよ』と思っていた。触らぬ神に祟りなしというけれど私はいつもイライラしていたので、カバタさんに呼ばれても聞こえないふりをしてチッと舌打ちされたり、かなり触っていた。

そんな私には既にリーチがかかっていたはずだ。あとほんの少しのきっかけがあれば、カバタさんは私に怒りを爆発させる一触即発の状態、怒られるネタはあった。カバタさんに頼まれていた、書類をパソコンで清書する作業を、期日になってもまだやってなかった。このままやらなかったらどんな事になるか想像はつく。

後日、頭から湯気を出して顔を歪ませながら「書類できた？」と聞いてきたカバタさんを見た時、恐ろし過ぎて一瞬後悔したが、後には引けない。「まだ」とふてくされ気味に答えた。すると私が想像していた通りのテンション、剣幕で罵詈雑言を浴びせられた。多分あんな事やこんな事を言われるだろうと、想像していた事はだいたい言われた。その中には不細工という言葉も入っていた。

同じ事を父親に言われても決して腹は立たない。なぜなら、性格は悪い父だが顔は目鼻立ちが整っていて、女性に逆ナンされた事も何度かあるほどの男前なのだ。もし私の顔が父に似ていたとしたら、少しは父に感謝していたかも知れない。けど残念な事に私は小さい頃から母方の祖父に似ていると言われてきた。でも私が公平じいちゃんに似ていようとカバ似のカバタよりはずっとまし。いくら私が父のお陰で打たれ強くはなっていたとしても、今度ばかりは本当にどん底に堕ちたと感じた。という事は革命の前半は成功したという事だ。そして後半はこのトリガーを有効利用し、頑張れば私の革命は成功し自由になれる。失敗すればフラッシュバック級のダメージを受ける。なんとしても成功させなければ。

帰宅するといつもは自分の部屋に直行するのだが、その日は意を決して重症の更年期障害の母と世界一怖い父親が揃ってる茶の間に行き、今日職場でこんな事があったとカバタとの一件を2人に話した。

母が「前から言うてるやろ。そんな所は、はよ辞めよって。明日からもう行かんでもええ」と言った。私は深呼吸をして口を開いた。

「会社辞めても私の苦しみは終わらへん。私はもうすぐ30。お父さんはもうすぐ定年。それまでになんとか結婚の目処をつけようと益々二人がエスカレートしてゆくのが怖い。もう限界。お見合いなんかしとうない。あんたら二人も岡嶋も会社の連中もみんな大嫌い、憎んでる。あんたら二人が私の結婚を諦めてくれる事、それが唯一、私が救われる方法や。これ以上、結婚、結婚て圧をかけられるようなら、私は家を出て行くことにした。そして新天地で仕事探してやってゆく。色々大変そうやけど今よりはずっとましなはず。そやからお願い！　私の貯金の中から100万円でいいからください。お願いします」

と二人に土下座した。

母は「もうわかった、わかった。あんたらの結婚は諦めた。毎日あんたの辛そうな表情には気がついてた。親は子供の幸せを願って必死でやってても、子にとっては迷惑なだけかもしれへんて思てたんや」

「嘘や世間体のためもあるやろ」と思ったが、『諦めた』という言葉がとても嬉しかった。

父が「お前、これから結婚したいと思ってその時になって相手探しても手遅れやぞ。親は散々言うたからな。やっぱりあの時言われた通り、結婚について真剣に考えてたら良かったって後悔しないのやったら、こっちはもう何も言わん」と言った。

「ほんま？　私もう誰とも見合いしんでもいいの？　結婚しろって、もう言われへんの？」と念押しすると、母が「元の元気な夏子に戻ってくれたらそれでいい」と言ってくれた。

私は嬉しくて泣いていた。それと同時に、革命を起こすつもりで本音をぶちまけたのに、予想外の展開に拍子抜けしてしまった。

「お前は結婚する意志もないのに今まで見合いし続けていたんか」とか色々怒号が飛び交い、もっと収拾のつかない事態へと発展するかと思っていた。こんな事ならもっと早く言っていれば良かった。と思ったが、そうか、カバタのおかげで私の勢いに鬼気迫るものを感じて、両親も納得してくれたんだ。不幸の有効活用は、今回は成功できた。バンザーイ。


翌朝、「今日必ず辞めてこい」と母に送り出され、私は懲りずに出勤した。でもずっと見合いの断られ待ちをしてきた私には、自分から切り出す事が苦手になっていた。解雇も宣告待ちでいこうと思った。そして、出勤と欠勤を繰り返していた。ある日、とうとう本部長に呼ばれた。何の話かは聞かなくてもわかる。これでようやく怨憎会苦《おんぞうえく》の毎日を強制終了させられると喜んだ。

束の間の穏やかな日々

辞めてからは暫く家に居続けた。居心地は悪くなかった。嫌いだった父親も心なしか温かく感じられた。睡眠もちゃんととれて、少しずつ瞼の腫れや顔のむくみもひいてきた。定年が迫った父は、毎晩ご機嫌な様子で帰ってきた。家でも『お父さん長い間お疲れ様の会』を開いた。

後日、また岡嶋多羅尾さんから電話がかかってきたので、「もう結構です。今後一切見合いはしません」ときっぱり拒絶できた。

今までどれだけこの言葉を言いたかった事か。こんな事言っても、もう親に怒られる事もない。改めて、私って本当にかわいそうだったんだなぁと感じた。でも親は変わってくれたけど、私自身は変われたのだろうか？　抜毛症等の肉体的自傷行為はもう一生しない自信はある。でも自虐は治ったのか不安だった。大丈夫！　どん底まで堕ちて、今の穏やかな毎日を手に入れたんや。私は変われた。

思っていた通り、会社を辞めても剛田に会いたいなんて気持ちは露ほどもなかった。あんなヤツのどこがよかったんだろうとやっぱり思ってしまう。男の人に翻弄されるというのも長い人生、一度や二度はありかもしれないけど、どうせ振り回されるんだったら今度はもっとかっこいい人に振り回されようと誓った。

私は遅まきながら自動車教習所に通い、普通免許を取得した。そして友達と初めての海外旅行を楽しんだ。

帰国後、薬局で週3〜4回のアルバイトを始めた。夏の盛り、30歳の誕生日を迎えた。平和な誕生日だった。そしてその1か月後、また母の友達経由で縁談が舞い込んだ。

夏子の好きにすればいいから、と言って渡された釣書を見てちょっと驚いた。見合い相手の如月わたるさんは3歳年上だから接点はないけど、同じ中学校の先輩だった。でも中学は同じでも、高校は私には逆立ちしても行けない超進学校だったし、大学も、たとえ生まれ変わっても私には無理そうな所だった。

弟の光さんと二人で学習塾を経営されていた。駅からバスで帰る時、ぼーっと景色を見ていると、その塾の看板が時々目にはいったので、多生の縁を感じた。9月の初旬、紹介してくれた母の友人、大石さんと如月さん、如月さんのお父様、母の5人で会った。

初めて彼を見た時、早世した某俳優さんに似ている。眼鏡を指でくいっとあげる仕草が知的でかっこいいと思った。

2人でドライブに行く事になった。さっきまでの冷たい表情は溶けて、優しい笑顔で話しかけてくれたのが嬉しかった。なんの取り柄もない私は書類選考で落とされるものと思っていたのに、会ってくれた上に笑顔まで見せてくれるなんて。別れ際、彼が真剣な表情で「実は釣書には書いてない大事な話があるんやけど」と切り出した。

あ、やっぱりね、何かあると思ってた。そして、以前ほんの数か月間結婚していた時期があると打ち明けられた。

「子供がいるの？」と聞くと、「いない」と言う。

子供さえいなければなんの問題もないし、離婚の原因にも興味はなかった。むしろそんな事くらいで私までランクを落とさなくてもいいのにと思った。でも私は、「ちょっと考えさせてください」と返事した。

「いい返事待ってます」と彼が言って、別れた。

家に帰って考えた。彼は前回の結婚で相当傷ついているようだった。だから、バツイチになりたいから一旦結婚してみるというのは絶対になしだ。でも私にやっていけるのだろうか？　義両親と同居という事は、私が好きな朝寝や二度寝はできそうにない。

『私にはもったいな過ぎるので』という断り文句はこういう場合許されるはず。でも彼は、私が今まで真剣に結婚を考えた岩波さんと白鳥さんとは決定的に違うところがあった。それは、出会った時期だ。

長い間、私の心は荒んでいた。でも如月さんに出会った頃は、自虐が治り、自分を大切にできる普通の人間になれたのかもしれないという自信を持ち始めていた。今の私なら人様の事も大切にできる自信はある。だからもしかしたらうまくゆくかもしれない。

それと親孝行したい気持ちもあった。結婚に向けて準備する作業、たとえば、お式で着る衣装を、これが似合うとかあっちもいいなんて、あれこれ迷ったりする事は、母にとっては待ち望んだ至福の時間だろう。

一旦は私の結婚を諦め、今度のお話も強く勧めてこない母を、花嫁の母にしてあげたいと思った。そうして私と如月さんは、正式に結婚を前提にお付き合いする事になった。

お互いの家を行き来したり、ほぼ毎週デートしたりして、私はだんだん本当に彼に惹かれていった。彼こそが私の結婚観を変えてくれる人だったのかもしれないと思い始めていた。

結婚ってこんなにスムーズに進んでゆくものなのか。もしかして私、今幸せなのかも？と思う一方で、本当にこれでいいんだろうか？　何か大切な事を忘れているような気がすると、ひっかかっていた。

そのまま忘れていられたら、どれだけ幸せだっただろう。だけど私は思い出してしまった。弱小広告代理店にいた時の大きな忘れ物を……。

本当のどん底、因果応報地獄

アルバイト先の薬局で、経営者と薬剤師の会話を小耳に挟んでしまった。

「うちによくきてた○○さん、直腸がんで入院してるって聞いたけどもう退院されたんか？」

「手術してストーマ装着してるらしいですけど元気ですよ」

その言葉に「それだっ」と衝撃が走った。それまで頭の片隅に置き忘れていた出来事を思い出して愕然とした。

弱小広告代理店にいた頃、針のむしろのような毎日に終止符を打ちたくて、以前読んだ瞑想の本を手に取ってみた。

再び瞑想法をマスターしようと思い立った。といっても、本を片手に一から習得するには時間がかかり過ぎる。私には時間がない。てっとり早く効果を実感するために、雑誌の広告で見付けた瞑想センターにアポを取った。

その頃、体調もあまり良くなかった。お腹がどんよりだるくて、たまに血便もあった。あぁ憂鬱、でもそういった事も併せて瞑想センターで一掃して、晴れやかな気持ちになれればいいと願っていた。

後日訪れた、地方都市の雑居ビルの一室にある瞑想センターは、明るく落ち着いた雰囲気の所だった。40代くらいの飄々とした感じの先生と、助手の若い女性が迎えてくれた。

先生はまず話を聞いてくれた。

『本来なら一番私の味方でいてくれるべき両親が今の私にとって一番の敵だ。決して親に愛されなかった訳ではない。むしろ母親からは鬱陶しいくらいの母性を感じる。きっと命の指定席がひとつしかなかったら、母は迷わずその席を私に譲ってくれるだろう。でも大切に育てられたかと問われたら返答に困ってしまう。もしかしたらうちの親は私の事を自分達の所有物だと思っているのかもしれない。相性はあまり良くない父母だが、私の結婚に対しては意見が一致するらしく、2人して自分達の価値観を押し付けてくる。結婚しろと執拗に迫ってくる事がとても苦痛だ。私の貯金はすべて母が管理しているから、家出する事が決して得策とは思えない。両親の支配から解放されれば、今の職場も辞めて自由に伸び伸びと自分の人生を生きてゆける。そのための道筋が拓けてくると信じて、今日はここにやって来た』というような事を話した。

先生は、「ふんふんなるほどね」と笑顔で聞いていた。そして何故か柔軟体操のような事を20分くらいやらされた。

少し休憩してお茶を飲んだ後、リクライニングチェアに座らされ、ようやく瞑想が始まると思ったら、頭にヘッドギアのような物を被せられた。リズムを刻むような音が聞こえ、不気味に感じた。そして言われるままに目を閉じ、先生の言葉に集中した。

最初は息を吐いて吸って、と深呼吸だけを繰り返し、やがて先生が語り始めた。

「貴方は今、お母さんのお腹の中の羊水に浮かんでいます。とてもゆったりしたいい気持ちです」

『ほんとだ。いい気持ち、なんだか眠くなってきた。でも本当に眠ってしまってはいけない。半覚半醒《はんかくはんせい》という眠りに入る一歩手前の状態が一番暗示にかかりやすいらしい。だから今この時、脳に強い暗示を与えれば、それは潜在意識に刻まれ現実になる可能性が非常に高くなる。今絶対に悪い事を考えてはいけない。でも、悪い事は考えてはいけないと思うと、逆に考えてしまうのが私の悪い癖だ』

先生の言葉に集中した。

「そこはどんな色の世界ですか？　音や匂いはありますか？　耳を澄ませてよく聞いてください。お父さん、お母さんの会話が聞こえてきませんか？　二人ともうすぐ会えると貴方の誕生を心待ちにしています」

『思い出した。母の胎内にいた時の記憶を少しだけ。色や匂いは覚えてないけど、私は外の世界があまりに面白そうだったので、早くここから出せと母のお腹をボンボン蹴っていた。超音波検査なんてなかった昔、こんなに元気なんだからこの子はきっと男の子に違いないと2人とも思っていたらしい。望み通り、予定日より20日も早く生まれた私は２７００グラムと小さかったが、よく泣く元気な赤ちゃんだったらしい。あの頃は溢れるばかりの愛情を受け止めていた。そしてこの家に生まれてこられて本当に良かったと感じていた。それなのに、なんで今はこんなに辛いのだろう。親のせい？　私のせい？　それとも運命？』

そう思った時、突然下腹部に鋭い痛みを感じた。そういえば今朝も血便があったっけ。いや大丈夫、ただの腹痛だ。がんじゃない。直腸がん、ストーマというワードが頭をよぎったが、それを遮るようにいい言葉を思い浮かべた。成功、奇跡、幸運、感謝、そうそうその調子。瞑想中に悪い言葉はぜったいに思い浮かべてはいけない。

だがヘッドギアのようなものから聞こえる不気味な音が再び気になりはじめた。だめだ、先生の声が入って来ない。その時、大嫌いな岡嶋夫妻の顔が思い浮かび、不快に感じた。『直腸がんもストーマもいやな事はみんな岡嶋の所に飛んでいけ』と思った瞬間、その言葉に脳が反応し、どきゅーんと胸に衝撃が走った。いけない。一番やってはいけない事をやってしまった。思わず目を開けた。

先生が、「どうしたの？　雑念が浮かんだ？　大丈夫だよ」と言ったので再び目を閉じ、今浮かんだ負の感情を打ち消すように、大丈夫、大丈夫と念じ続け瞑想は終わった。

帰り道、私は瞑想の本にしつこいほど書いてあった事を思い出していた。

『潜在意識は、貴方が望めばどんな願いも叶えてくれます。但し使い方を間違えると大変な事になります。たとえば、火や水は私達の生活に豊かさや潤いをもたらしてくれますが、誤った使い方をすると火事や洪水を引き起こします。潜在意識もそれらと同じく諸刃《もろは》の剣《つるぎ》です。もし貴方が他人の不幸を願えば、潜在意識は主語を判断しませんから、それは貴方自身の願いと見なされ、やがて貴方を不幸や破滅に導きます。くれぐれも間違った使い方をしないように気をつけてください』

あれだけ注意喚起《ちゅういかんき》されていたのに…瞑想中に私は人の不幸を望んでしまった。人の不幸を望んだ人間には〝人を呪わば穴二つ〟の運命が待ち受けている。いや、あれはただのはずみだ。子供の頃『痛いの痛いの遠くのお山に飛んでゆけ〜』といった感覚で呟いた事だ、決して本気だったわけではない。

でも、はずみであろうとなかろうと、直腸がん、ストーマというワードに脳が反応して胸がどきゅーんとなった事に違いはない。瞑想中、強くイメージした事は良くも悪くも潜在意識に刻まれる。『潜在意識が一旦受け取った指令は、貴方が望むと望まないにかかわらず、遅かれ早かれ必ず現実になります』という文言に震え上がった。

最悪のアクシデントに見舞われ、がっくり肩を落として帰った私だったが、相変わらずの厳しい日常に、瞑想センターでの出来事は忘却の彼方に消え去っていた。でもたった今、薬剤師と経営者の会話で、最悪の瞬間を思い出してしまった。ほんのわずかな数秒間でも、私の一生を脅かすのには充分なのかもしれない。あの時、私は直腸がん、ストーマの種を蒔いてしまったのかもしれない。いつ発芽するのか？　来月かもしれないし何年後、もしくは何十年後かもしれない。もしかしたら一生発芽しないかもしれない。だとしても、まだまだ長いこれからの人生を、直腸がんの影に怯え続けなければならないなんて辛すぎる。

今までなんてつまらない事で悩んでいたの？　見合い地獄がそんなに嫌だったのならカバタの力を借りなくても自分がもっと本気で親とぶつかっていれば、親ももっと早くわかってくれたかもしれない。あんな事くらいで人生どん底まで堕ちた気になっていた私はどれだけおめでたい人間だったのだろう？　今までのどんな悩みでもよーく考えれば、必ず逃げ道や解決策があったはず。でも今度の悩みの相手は潜在意識という形の見えない、よくわからないもの。どう対処していいのかお手上げだった。

これから私にどんな不幸が待ち受けているのか。如月さんとはもう結婚できない。親孝行どころか、とてつもない親不孝が始まる。人生終わった。それでもなんとか薬局での業務を終え帰る時刻になった。

絶望にうちひしがれながら歩いていると、向こうからツインテールの女の子が歩いてくるのが見えた。いや女の子ではない。彼女は赤ちゃんを抱いている。

ええ年してツインテールなんかして、と思った時、「ナツ！」とツインテールに声をかけられた。よく見ると中学の時の同級生の邦子ちゃんだった。

誘われるままに彼女のうちにお邪魔した。

くーちゃんは特に私をもてなす風でもなく、赤ちゃんの世話をしながら淡々と話しかけてくれるのがありがたかった。お嬢様だと思っていた彼女は、意外と苦労人だった。

私はつまらない話ばかりしていた。家に帰れば自分を抑える自信はない。でもいつまでも、そこにいる訳にもいかない。

11時半頃帰宅しベッドの上に寝っころがった。そんなに悲観するほどの事でもない。年をとれば誰でもがんになるリスクは高くなる。私の場合はそれが直腸がんというだけの事だ。生きてゆくためにはストーマも仕方がない。そういう運命だと受け入れてしまえば楽になれる。

ふと子供の頃の事を思い出した。母にお願いしたい事があったが、それを口に出すと母は怒るというより悲しむだろうと思って結局言えなかった。

『お母ちゃん、私、ホルモン注射を打ちたいんや、ホルモン注射打ってくれるお医者さんに連れていって』そう言いたかったのだ。ＬＧＢＴという訳ではない。

ただ生理が始まるのが、死にたくなるほど嫌だったのだ。だけど、生理なんてたいしたものでもなかった（あくまでも私個人の見解です）。ストーマもそれと同じかもしれない。知らないから恐怖を感じるだけで、詳しく知ってしまえば案外すんなり受け入れられるものかもしれない。

以前ストーマを装着している人達の手記を読んだ事がある。括約筋がないから排便の感覚がない。アイスクリームや冷たい物は食べられない。術後、初めて患部を見て、こんなにも醜怪な物と一生付き合わなければならないのかとショックを受けた等、勿論、医学は日進月歩だから、現在は色々改善され快適な生活を送れるようになっているだろう。でも、まだ渡哲也さんが公表される前の話、正しい知識は私にはなかった。

不幸にして直腸がんになってしまったら、早期発見だとしてもストーマをつけるしか助かる道はないと思いこんでいた。勿論、今の私ならそれで命が助かるなら、とてもありがたいと思えるけど、当時の私は、将来自分の脇腹に新しい内臓ができるかもしれないという事が、やっぱり受け入れ難かった。

動悸が一層激しくなった。ついに我慢していたあの言葉を口に出してしまった。

「こわい、怖い、恐〜い」

私は階段をダダダダーと降りてゆき「お母さん怖い、助けて！」と叫んでいた。父の目が点になっていた。

その日10月某日から約半年にわたって、私はぼっち地獄や見合い地獄とは比較にならないほどの本当の地獄を味わう事になる。その半年間の出来事を後に人に話す時は、『重症のがんノイローゼに罹っていた』とソフトな言い方をしていたが、ノイローゼなんて生易しい物ではなかった。潜在意識が今この瞬間にも私に不幸を配達するために活動していると思うと、自分に迫りくる1分、1秒が怖くてパニックに陥った。1日中怖いと叫び続けた。ある時はテレビに向かって、ある時は蝉のように柱や壁に張り付いて、そして殆んどは母にすがって、全く眠れなくなったし、食欲さえなくなった。いっそ自ら人生を終わりにしようか、それともこのまま狂ってしまうのを待つか？　と思ったりもした。

地獄に仏？

数日後、ほとほと困り果てた両親に連れていかれた所は市内のちょっと有名な寺院、昭成寺だった。本堂に行くと、格式の高そうな立派な体格のお坊様、竹田さんが迎えてくれた。

「これが電話でお話ししました娘の夏子です。私どもは精も根も尽き果てました」と母が言った。竹田さんにお経をあげてもらった。私はすがるように拝んでいた。最後に怒号のような唸り声で、約30分のお経は終わった。

その後で自分が今、何をそんなに怯えているかを竹田さんに手短に話した。

「私が治してあげます」

「夏子よかったね、治してくれるって」と母が言ったが、そんな簡単に言わないでほしい。いくら偉いお坊様でもお医者様でも治せるはずがない。唯一あの時の瞑想センターの先生に相談すれば何か答えをもらえるかもしれないが、そこには既に何度も電話をしていたが、ずっと不通だった。

帰る時、お経代やらお守り代等、結構な金額を母は支払っていた。

翌日からそのお寺に母と通う事になった。本堂で般若心経を写経して、それから奉仕という名目で掃除をした。昨日はトイレ、今日は台所という風に。そして最後に短くお経をあげてもらってお疲れ様でしたと、帰ってゆく。いつも左の脇腹の辺りが気になってしょうがなかった。

ある朝、お腹を見て驚いた。左の脇腹辺りに直径5センチメートルくらいの丸くて赤い痣ができていた。私には、ここに将来ストーマが装着されますよという印に思えた。そしてまた荒れた。それでも毎日母とお寺に通っていた。

ある日、いつものように写経をしていると、といっても、1行書いては「こんな事してなんになるんだろう?」と本堂をうろうろ、また1行書いてはうろうろしていると、「どうしたの?」という明るい声が聞こえた。

見ると、そこには小柄で優しそうな年輩の尼さんがいた。地獄に仏とはこのことか?と思うほど慈愛に満ちた笑顔で私を見ていた。私は彼女こそ私の救世主だと思い、場所を移動し、母にも話せなかったあの瞑想センターでの出来事を詳しく、その尼さん、塚原幸さんに話した。

「因果関係という言葉があるように、この世のすべての出来事には原因があって結果がある。あの時私が瞑想センターで犯した因が、いつどんな形で果となって還ってくるのか、これからの人生ずっとそんな因果応報の恐怖に怯え続けなければならないと思うと怖くてたまらない」と打ち明けた。

彼女は「大丈夫よ。貴方が心配してる事はもう既に形に表れちゃってるから、これ以上何も起こらないわ、今、貴方が私に見せてくれたお腹の赤い痣こそが瞑想センターでの失敗の結果なのよ。もう既に因果関係は成立してるわ」と言ってくれた。

初めて納得できる回答を得た気がした。脇腹にできた痣をさすりながら、これが果なら一生消えませんようにと願った。そして幸さんは、「私が貴方の気持ちが落ち着くように、これから毎晩一生懸命お経を唱えてあげます。もし不安を感じたら夜中でも構わないから電話してきて」と言って電話番号も教えてくれた。

その後、母と3人で食事に行き、私は久しぶりにまともな食事を摂る事ができた。そしてそれまでやってきた写経やお寺の奉仕はやめにした。

如月さんとの結婚は無理だと諦めていたが、幸さんと会って灯りが見えてきた。この悩みを克服して、如月さんと結婚するという事が私の当面の目標になった。そして、『もし子供ができたら彼女に名付け親になってもらってもいい、それとも彼女の名前から1字もらって付けるのもいいかもしれない』と考えていた。

幸さんに会って少し落ち着いたけどそれも3、4週間くらいの事だった。また、不安で怖くて夜中に幸さんに何度も電話した。そして幸さんに泊まりに来てもらう事も増えた。

最初こそ赤ん坊を寝かしつけるように私が眠りにつくまで見守ってくれていた彼女だったが、2回目以降からは少しずつ変わっていった。

幸さんの勤務先の昭成寺に父が迎えに行き、うちで夕食を食べ、入浴をされる。そこまでは許せる。でもお風呂の後は「お笑いタレントが出てるあの番組が面白いから見たい」と言い出されたので驚いた。

この私は入浴する事も、テレビを楽しむ余裕もないほど病んでるのに、私そっちのけでお笑い番組を大笑いしながら見ておられた。そしてテレビを見終えると布団に入り、さっさと寝てしまわれる。

私は「幸さん寝にゃーで」と言うと、「寝てるんじゃないの。目を閉じてるだけなの」と言って、やがてグォーグォーと凄い鼾が聞こえてくる。そして朝になると朝食を食べ、父が勤務先まで送ってゆく。いつの間にか我が家は幸さんにとって賄い付きの無料宿泊所となっていった。

そんな生活の中でも如月さんとは会っていた。デート中も私はいつも上の空で、なんとか恐怖を抑え取り繕っていた。そして悔しくてたまらなかった。本来ならば好きな人との結婚を控え人並みに幸せの真っ最中のはずなのに、あの事さえなければ彼との時間をもっと楽しめるのに。面白い事をいっぱい言って彼を笑わせてあげられるのに、とても残念だった。でも彼は何も知らない。いっそこの悩みを打ち明けようかと思った。でも如月さんに潜在意識、直腸がん、ストーマという単語を口にする勇気はなかったし仮に打ち明けたところで、わけのわからない事で悩んでいる変な奴と思われるだけかもしれない。

そのかわり、運転中の彼の腕を掴み思い切りぎゅっとしがみついた事がある。彼はそれを女性のリビドーだと受け取ったようだった。

ある時のデートで、相変わらず車の中でどんよりしていると彼が何やら熱心に話し始めた。そして最後に「これが僕のプロポーズの言葉や」と締めくくったので、『え〜私、今プロポーズされてたの？　全く聞いてなかった。なんのリアクションもできなかった。最悪〜、もしかしたら如月さんは昨日その言葉を必死で考えてくれたのかもしれないのに、私って最低だ』と思った。

腸の違和感がますます酷くなり、母と病院に行った。検査の結果、腸にはがんもポリープもないけど、ガスが一杯たまってると言われ、ガスを出す薬をもらった。

脇腹にできた痣については「こんなものなんでもない、すぐ治る」とはねつけるように言われた。

母が「これで安心したやろ」と言ったけど、安心なんてできる訳がない。確かに医者はがんもポリープもできてないと言ったが、それは「今現在は」という意味で、一生大丈夫と保証された訳ではない。

そんなある日、幸さんから『2泊3日で某県にマッサージの出張に行くから一緒に来ないか』と誘われた。

幸さんに対して不信感を持っていた私は、3日も行動を共にして、これ以上この人の化けの皮がはがれてゆくのを見たくなかった。それでも行くと返事したのは、母に充分な睡眠と休養を取らせてやりたかったからだ。

私がおかしくなってから殆んど寝ていない、予定していた町内の旅行もキャンセルさせてしまった母のために3日間でも私から解放させてやりたかった。

12月になったばかりのある日、昭成寺とは別のお寺に連れてゆかれ護摩焚きをしてもらった。その後、小さな部屋に通され、高齢の高僧と向き合った。机の上に墨と半紙と硯が置かれていて、漢字の〝一〟という字を書くようにと言われて書いた。そしてすぐ退出した。

後で幸さんから、「これから先の人生何の問題もないから大丈夫だって。それとおなか凄く気にしてるようだけど、それも大丈夫だって」と言われた。

それから、父に近くのJRの駅まで送ってもらって、うんざりするほど長い時間電車に乗った。目的の駅に着いてタクシーに乗り、粗末な宿に着いたのは夜の11時過ぎだった。

そこは幸さんの常宿らしく、仲居さん達の控室で楽しそうに喋っておられた。

いつまでもやまないお喋りに私はイライラしていた。実はおならを我慢していたのだ。医者からもらったガスを出す薬の効き目は強烈で、おならがよく出た。家では遠慮なくしていたが、さすがに人前ではできない。ようやく客室に通されてやっとおならができた。もはや幸さんにも遠慮はなかった。

幸さんはお風呂から戻るとすぐに布団に入って寝ようとされた。私は以前から気になってた事を聞いてみた。

「ねえ幸さん、以前私のために毎晩一生懸命祈ってくれるって言ってたよね。祈りのお経あげてくれないの？」

すると半分寝ながら、「お祈りなんてね、しなくていいの」と答えが返ってきて、またすぐグォーグォーと物凄い音が聞こえてきた。

やっぱり嘘だったのか。たとえ嘘でも、このマッサージ出張に誘ったのは彼女の方なんだから、私と一緒の夜くらいせめてお経の真似事でもしてほしかった。この人はやはり救世主等ではなかったと悟った。

翌朝、あんまの先生が来たと噂を聞きつけた近所の元気なお年寄りが5、6人、宿に集まってきた。

幸さんが客にマッサージをするのを見ながら、この人は尼さん？　それともあんまさん？改めて幸さんの事、なんにも知らない事に気がついたが、別にどうでもいいと思い直した。

客はぱらぱらと途切れない程度に来ていた。二日目も同じような感じだったが、この日、幸さんは始終「膝が痛い」とぼやいていた。

自分の膝の痛みも治せない人が、私の心を癒やせるはずがない。信頼感は完全に崩れ去った。

翌朝「元気出すのよ」「大丈夫だから頑張って」と仲居さん達に励まされながら、幸さんの常連客の車に乗り込み、次の場所に向かった。

いつも拠点にしているらしき家に着くとそこは葬儀の真っ最中だった。それを見て怖くなった私はまたギャーギャー泣き出した。

再び車は動き出し、お昼前、田んぼの中の一軒家の外村さんというお宅の前で止まった。チャイムを鳴らすと、母と同世代の上品で優しそうな奥さんが出てきて、幸さんと私を招き入れてくれた。

奥さんは3歳くらいの可愛い女の子を連れてきて、私に「梨々香ちゃんていうの。遊んでやって」と言った。

こんな初対面で泣いている頭のいかれたような女によく大切な孫を託せるなぁと思うと、奥さんの温かさを感じた。でも子供と遊ぶのもかったるかったので、その場にうつぶせになり、背中とお尻の間に座布団を置いて「座布団の上で跳びはねていいよ」と言うと梨々香ちゃんは遠慮する事もなく力いっぱいぴょんぴょんジャンプし始めた。そんな私達を幸さんが笑顔で見ていた。

お昼をご馳走になって、午後からはもうちょっとまともに梨々香ちゃんと向き合って遊んだ。

奥さんが「何か悩みがあるの」と聞くので、「今まで色んな事で悩んできたけど今回ばかりは解決策が全く見当たらない。プロポーズされた彼にも絶対ふられる。私には未来がない」とまた泣いてしまった。

夕方になってお別れの時が来た。奥さんが私の両の手をぎゅっと握って、「ええか、約束しよう。必ず元気になって、今あんたの目の前にある幸せを掴むんやで。そしていつかまた絶対にここに遊びにおいで！　梨々香と二人で待ってるから」と仰った。

「ありがとう」と固く握手して、奥さんと梨々香ちゃんに別れを告げた。こうして2泊3日のあんまの出張旅行は終わった。必ず元気になってまた外村さんの家に行く。そういう思いで不安が紛れたのもほんの1週間だった。そしてまた恐怖に怯える日に戻った。

一世一代の取引……

そして遂に末期的症状があらわれた。それをどう表現していいかわからないが。自分の視野の範囲外で、金色の光の玉がさーっと頭の前後に走りぬける。そんな感じの現象がしばしば起きた。

不眠、そして毎日を極限状態で生きているから、脳細胞が壊死し始めたのかもしれないと思った。人はこうして狂ってゆくのか。相変わらず怖い怖いとふるえていた。

こんな形の親不孝が今まであっただろうか？　警察のお世話になったり親に暴力ふるっている人の方がずっとましな気がした。このままいくと一家心中という事態にもなりかねない。死ぬか廃人になるか？　私にはその二択しかないのだろうか？　ほかに逃げ道は本当にないのだろうか？　と考えると、やっぱり私にはあの方法しか思い浮かばなかった。

うまくいくかどうかはわからない。きっと今以上の苦しい修羅場を経験しなければならないだろう。修羅場の果てに待ち受けているものは、やっぱり破滅なのかもしれない。でも私は決心した。

数日後、如月さんとのデートの日がまたやってきた。私は、平静を装って10分前に家を出たが、そのままバス停で待っていられなくて、家とバス停を何度も往復していた。

その様子を見て母が、「もう如月さんに断るか？」と言ったので、「自分の方から断ってどうするのよ」と言ってまたバス停に向かった。

如月さんはいつも約束の時刻ぴったりにやってくる。車に乗り込むと、彼が開口一番屈託なく言った。

「今度の日曜、親父とまた君の家にいくわ」

「えっ？」

「君のご両親にお嬢さんを僕にくださいとお願いしにいく」と言われた。

具体的に事が運ぶんだ。やっぱりもうこれ以上引っ張る事はできない。今日決着をつけなければ！

彼から真珠のネックレスをプレゼントされ首につけてもらったが、まさに豚に真珠。というか、とても複雑な気持ちだった。私にはアレルギーがあるから異物をつけると、かゆくなる。だから時計でさえ肌に直接つけた事はない。女がみんなこういう物で喜ぶと思わないでよ。いずれにしても、そのネックレスはすぐお返しする事になるだろう。なぜなら今日私は彼にふられるから。その真珠のネックレスが私に『さあ嫌われるんだ』とゴーサインを出してくれたような気がした。

クリスマスが近づいていた。彼の誕生日もクリスマスの辺りだ。山下達郎の名曲を口ずさんだ。

『雨は夜更け過ぎに雪へと変わるだろう。サイレンナイト、フォーリーナイト、きっと君は来ない、きっと君は来ない、きっと君は来ない……』

彼が不審そうにこちらを見たので、「この先知らんねん」と言ったが、『今度の日曜きっと貴方はうちに来ないという意味よ』と心の中で呟いた。

クリスマスイブも如月さんの誕生日も一緒に過ごせない。なぜなら会うのは今日が最後だから。それまでたくさんの見合い相手にわざとふられてきた。そして今日もわざとふられようとしている。でも今回は、今までとは意味合いが全く違う。私は取引をするのだ。

「神様、今私が一番大切に思っている人は如月さんです。でもその如月さんの事は諦めます。今日私は彼にふられます。どんなに復縁を望んでも元の鞘におさまらないほど、蛇蝎《だかつ》のごとく嫌われます。それによって、自分がどこまで深い闇に堕ちてゆくかは想像もつきません。でもどうかそれで瞑想センターでの私の罪を赦していただけないでしょうか？どうか迫りくる因果応報の恐怖から逃れられますように！　嵐がおさまれば平穏な毎日が必ず戻ってきますように！」とお願いした。

お願いしたお相手は神様ではなくて潜在意識だったのかもしれないし、あるいは自分自身だったのかもしれない。

そのうち「あんたと一緒にいても全然楽しくなかった」と言い出し、ハンドルを操作している如月さんの腕にぎゅっとしがみついた。これをやるのは2回目だ。もうリビドーだと思われても構わない。むしろそっちの方向で嫌われようと思った。

「私、如月さんと二人っきりになりたい。ホテル行こう」もう破れかぶれだった。彼はあまり気が進まない様子だったが、なんとかホテルの駐車場に着いた。

その時、「夏子さん、今日はやっぱりもう帰ろう、僕これから明日教えるとこ下準備したいから」と彼が言ったので、言われた通り帰ろうかと思った。別にホテルに行かなくても、それまでの言動で充分嫌われたはずだから、今日ふられる事にかわりはない。でもまだインパクトが足りない気がした。そこで私は陳腐な台詞を吐いた。

「仕事と私とどっちが大事？」

『仕事に決まってるやん』と自答したけど、もう後には引けなかった。実はわずかな希望も持っていた。

ホテルの部屋の落ち着いた雰囲気の中でなら、塚原幸さんに話せたように、私が何をそんなに恐れているか、光の玉が見えるほどの精神状態の理由を詳しく話せるかもしれない。理解してもらえなくてもいい、変な奴と思われてもいい。いずれにしても結果は同じ。今日ふられる。でも彼に話す事で少しは心が安定するかもしれないと期待した。

ホテルにチェックインし、私は如月さんの腕にしがみつきながら、もう少し、後もう少しで楽になれるかもしれないと思いながらホテルの廊下を歩いていた。そんな思いで辿り着いた部屋のドアを開けると、そこはあまりにも灯りが煌々としていて、あまりにも明るく眩しすぎて、とてもそんな話ができる雰囲気ではなかった。

ホテルの部屋ってたいてい間接照明でこんなに明るくないはずなんだけど、あ〜そうか、ここはちょっと高級なラブホテルだったなと悟った瞬間、また抜け殻状態に陥って、そこからの先の記憶はない。それから約1時間後、無言で彼の車に乗っていた。

如月さんにとって、ほんの数時間前までは結婚するつもりだった女が、二度と会いたくない虫酸が走るほど不気味な女に成り下がった事は充分自覚していた。私の家が近づいてきた。彼が「今日は地を見せてくれてありがとう」と言った。それは決して皮肉等ではなく、彼の本心だったのだろう。

「ほな今まで猫被ってたみたい」と返したけど、心の中では『お互いのためにこうするしかなかった。でも貴方に本当の私の地を見て欲しかった』と思っていた。

いつも降ろしてもらうバス停に着いた時、私は最後のひと仕事をする事にした。

「今日は面白かったわ、また続きやろうね」

「しいひんわ、サヨナラ」と彼が言って、予想通りと頷いた。サヨナラという言葉を聞いてオワリにしたかった。それまでのデートの別れ際、私が「さよなら」と言っても、彼は「じゃあ」とか「また今度」と言って、絶対に『さよなら』とは言わなかった。今日初めて彼の口から『さよなら』という言葉を聞いた。

家に帰ってすぐ布団にもぐりこんだ。「神様、これで終わりました。明日からは新たな地獄が始まります。せめて今夜くらいはよく眠れますように！　いや、できる事なら寝ている間に死んでいますように、明日はどうか目が覚めませんように！」と心から願った。

私は明日からの自分の姿をありありと想像する事ができた。明日起きた瞬間から、私は昨日自分がやらかした愚かな行動を猛烈に後悔するだろう。勿論如月さんは間違いなく断ってくる。それでも、無駄と知りながらも醜く悪あがきし、如月さんを追い求め、さらに嫌われてゆくだろう。あんな事しなければ良かった。あそこまでやる必要なかったんじゃないかと後悔すればするほど、私の中であれほど恐怖の対象だった潜在意識、直腸がん、ストーマ、一連の因果応報のストーリーがちっぽけなものに思えてくるはず。それより如月さんを失った事の方がずっと重大だったと、うじうじぐだぐだいつまでも悔やみ続けるだろう。でもそれは所詮、失恋というどこにでもある話。失恋なら時間はかかるけどいつか必ず傷は癒える。そして傷が癒えた頃には、直腸がんやストーマに対する恐怖もきれいに消え去っているだろう、というのが私の計算だった。

そして実際その通りになった。しかも自分が思っていたよりずっと早く立ち直れた。私は翌年4月には平静に戻っていた。そして5月からは新しい職場で働いていた。

人生グラフ最底辺の日

今夜死にますように！　と祈った日の翌日、不本意ながら私は目を覚ました。

母に、「昨日もうめちゃくちゃやったから如月さんには絶対ふられる、ゴメン」と謝った。

そして父親の胸をぼかぼか叩きながら、私が自虐になったのはあんたのせいやと食ってかかった。あまりにもしつこくやっていたのでまた殴られ、顔に紫色の痣ができた。

数日後、世話人の大石さんから電話がかかってきた。

「お父さんかお母さんいる？」

「今、二人とも留守です。でも私、なんのお話かわかります」と言うと、「わかる？」と言われ、わかってはいたけど激しく動揺した。

両親が帰ってきた。

「やっぱり、如月さんにふられた。幸さん呼んでー、呼んでくれなかったら私死ぬ～」と喚いた。

幸さんが来てくれたとしても、彼女はいつも「大丈夫」としか言わないし、何の役にも立たないのはわかっていた。でも〝溺れる者はわらをも掴むの〟諺通り、わらだとわかっていても、すがるものが欲しかった。

幸さんは来てくれた。

「幸さん、なんとかしてー、私を助けて！」と言うと、「相手がある事だでね。私にはどうする事もできない。でも大丈夫！　縁がなかっただけ」とオキマリの台詞《せりふ》を仰った。

未練たらしく彼に手紙を書く事にした。辻褄《つじつま》合わせの言い訳をして、もう一度だけ会いたいと伝えた。

如月さんのお父さんから代筆の返事が届いた。私はその中に、一言でも希望を感じられる箇所はないかと探したが、わかってはいたが、そんなものどこにもなかった。

母に、「ここまで書かれたんやからもう諦めついたやろ」と言われたけど、「違ーう、誤解されてるだけなんや～」と叫んで、母を呆れさせた。

もう何にも考えたくない。本当に死んでしまいたかった。ホテルでどういう風に過ごしたかは断片的だが、少しずつ思い出した。勿論、普通の男女がするような事は何もなかったし、私もそんな事は望んではいなかった。薬の副作用で喉がからからに渇いていた事を思い出し、はっとした。副作用より、本来の作用の方はどうだったのだろう？　私が飲んでいたのは腸に溜まっているガスを出す薬。もしかして私は如月さんの前でガスを出したのだろうか？？？　出したんだ。多分あの時だ。

如月さんが急に私の方を向いて笑ったのだ。でも私は、ずっと不機嫌だった如月さんが私に笑顔を見せてくれた事がちょっと嬉しかった。それが軽蔑の笑いとも知らずに。さすが自虐の女、そこまで醜態をさらしていたか。今の今まで全く気づいてなかった。

きっと如月さんは、ストーカーに怯える乙女のような不安な毎日を過ごしているに違いない。もしかしたら私が職場の塾に押し掛けるんじゃないかと心配しているかもしれない。大丈夫よ、そんな事は絶対しないから安心してと言いたかった。

相変わらず、金の光の玉はしばしば見えていた。母に眠剤を飲まされたが、それでも眠れず、一晩中夢遊病者のように家の中をうろうろしていた。

朝刊が郵便受けに押し込まれるカチャという音で、あ～今日も長い1日が始まる、と絶望的に感じた。

年が明けて元旦、私は幸さんに誘われて、彼女が昭成寺から任されているらしき小さな小さなお寺にいた。そんな所にも初詣客はぱらぱらとやって来た。

お正月早々、不幸の象徴のような私の姿をお見せしては失礼だと思い、身を小さくしていた。

「ねえ、幸さん、もしかして、ここに住んでるの？」と聞いてみた。

「そうよ」とお答えになったので驚いた。そこは、ご本尊様をお祀りするスペースを含めて6畳ひと間くらいしかなく、お風呂もトイレも家具もなかった。

お風呂はお風呂やさん、トイレは近くの公園のものを借りていると言っていた。こんな所に住んでいたら、人の家に泊まりたい気持ちもわかる。

昭成寺に初めて行った時、お経をあげてくださった竹田さんがやって来た。ほんの2か月半くらい前の事なのに、随分昔の事のように感じた。幸さんは嘘つきだったけど、この人は少なくとも嘘はつかなかった。

「お久しぶりです」と声をかけてみた。彼は私を見て驚いたようだった。

「いくら結婚がだめになったからといっても、若い女の子が髪の毛ボサボサでお風呂にも入らないで。貴方、ちゃんとしたら綺麗になれるよ」と微妙に嬉しい事を言われたが、「私、これからは女を捨てて生きてゆく事にしたんです」と言うと、「女捨ててもええけど人間捨てんとこうな」と言われた。

私は彼に、如月さんのお父さんからの手紙を読んでもらった。

『今までの事は夢だと思って諦めて、お互いよいパートナーを見つけましょう』というくだりでは、『ここまで書く男に優しさや思いやりは微塵も感じられない。そんな男、ふられて正解』と憤慨していたが、『私がやった事を思えば、そこまで言われて当然の事なんです』と思っていた。

翌日のお正月二日目、この日が人生グラフ最底辺の日となった。

朝から母に愚痴っていると、酒を飲んですっかりできあがった父親が、まるで赤鬼のような顔をして現れた。

「お前はいつまで何をごちゃごちゃ言ってるんや！」

またぼこぼこにされるのかと思ったけど、それ以上に酷い事が起きた。父は家の玄関の扉や窓や襖も次々はずしていった。隠れる場所のなくなった私は外から丸見えで、動物園の檻の中の動物のような状態になった。

「これからお前を治してやる。お前が、きち○いという事は、世間様はみんな知っている。キサラギにふられるのも当然」

そこまでは許せたが、それ以後に言われた事は事実無根、というかむしろ真逆、たとえ親でも名誉棄損で訴える事ができるレベル！　絶対に許せない。

お正月でしーんとしているご近所には、父親が私を罵倒する声が響き渡っていたはずだ。隣近所からすれば面白い見世物のような出来事は1時間弱続いた。その日、わずかに繋がっていた父子の細い絆も完全に断ち切れた。

夕方、幸さんに「今日来て」と電話すると、「今日はね、弁護士のおじいちゃんちにマッサージしに行くの」と嬉しそうに断られた。

平成の幕開け

その5日後、昭和天皇が崩御され、時代は平成に変わった。でも私はテレビも新聞も見なかったので、昭和天皇が崩御された世間の悲しみも、新しい時代の始まりも蚊帳の外だった。ただ、なんとか生きていた。

毎晩寝る前、母から、かなりきつめの眠剤を与えられた。そして、首もとをとんとんと叩きリズムをつけて毎晩寝かしつけてくれた。おかげで眠れるようになってきた。でも時々、自分のうなされ声で起きると、母が昭成寺で買ったお守りにすがって必死で私に向かって拝んでいた事もあった。

　金の光の玉は次第に見えなくなったが、それでも悲しい日々である事に変わりはない。当然ながら私の事は近所でも噂になっていたようだ。そんな私の傷口に塩を塗るような行為をする人達もいた。

「お久しぶりです。お元気ですか？　あっ元気な訳ないか。如月さんて人にふられたんだってね」と電話してきたのは、あの岡嶋夫妻のおばさんの方だった。

　非常識というよりバカ、若しくはサディストだったのか！

　他にも噂を聞きつけた、それほど親しくもない人が家に押しかけてきて、「これ娘さんにどうかと思って」と誰かの釣書を母に渡そうとした。

　母が、「どうかもう勘弁してください」と頭を下げてお引き取りいただいた。それから幸さんからも電話があった。

「どう？　もう元気になれた？」

「いえまだ……」

「あ、それじゃ今から行ってあげようかね」

「いいえ、来ていただいても、ご飯食べて風呂入ってテレビ見て寝るだけで、何にもしていただけないので結構です」と冷たく言って切った。

　私は元旦に行った幸さんの家らしき所を思い出して、あの人は人の好意や不幸につけこんで毎日のねぐらを確保しているのだろうか？　馴染みの金持ちの弁護士に断られ、うちに電話してきたのかもしれないと思った。

近所の悪ガキタカシからピンポンダッシュもされた。いや悪ガキなんて可愛い者ではない。まだ小学生だそうだが、顔も体型もおっさんだ。どうやら私はそのおっさんから、『怖い怖いのおばさん』と呼ばれているらしかった。でも、怖い怖いと叫んでいた日々も、次第に過去のものとなりつつあった。

私の計算通り、潜在意識、直腸がん、ストーマ、因果応報というワードに対する怯えは殆んどなくなり、迫りくる一分一秒に恐怖で身を震わせることも少なくなっていった。ただ如月さんに対して後悔だけが残っていた。

小さな奇跡、新しい景色

三井祐子さんからも電話があった。如月さんとお見合いする少し前に知り合った7歳年下の友人で、彼にふられた事は人生グラフ最底辺の日に電話で話していた。

「どう？　少しはよくなった？　いい占い師がいるんだけど行ってみない？」と誘われ、行く事にした。

祐子さんが言うには、霊感もある、とてもよく当たる占い師さんだそうだ。高井さんというその方は浮世離れした辺鄙な場所に住んでいる、かなり年配の女性だった。

「人生堕ちるとこまで堕ちたら後は這い上がってゆくだけとよく聞くけど、私にはまだ這い上がる気力はない。あと何年ぐらいこのどん底にいる事になるんだろう?」と聞くと「あと2か月くらいの辛抱よ。もうすぐ貴方の苦悩は必ず終わる」と言われた。

この苦しみが後2か月やそこらで終わる訳がない。インチキ占い師め、と思ったけどそうではなかった。

祐ちゃんが「早く元気になって私の結婚式には必ず出席してね」と言ってくれた。

その後も家でくすぶっていたが、母に「毎日家にいないで外の空気を吸ってこい」と言われたので、わずかなお金をもらって、自転車で出かける事にした。

家の前の道で信号待ちをしている私を、上から下まで無遠慮になめ回すように見てきたのは、ピンポンダッシュのおっさんの母親、春木さんだった。

「じろじろ見るな、ババァ」と言い放って、国道沿いにペダルをこいでいった。

30分くらい走ったところで、別の自転車が後ろからガンガン当たってきた。自転車を降りて、「先に行ってくださ……」と言おうとしたら、その人は私の自転車を蹴って走り去っていった。

もの凄ーく驚いた。自転車を蹴られたからではない。そのお爺さんが、如月さんのお父さんにそっくりだったからだ。もしかして本人？　まさか私が如月さんに近づかないように外出する私を見張っていたの？　と思ったがそんな暇な訳がない。ただの似てる人だろうと思い直した。

次の日からは自転車はやめて、バスと電車で出かける事にした。気が向いた駅で降りて周辺を散策して、いい感じのお店があればそこに入って買い物や食事をしたり、そして神社を見かけると、『元気になれますように』とお参りしていた。

そんな風に時間を潰し、夕方頃帰宅する毎日を暫く続けた。時には電車を乗り継いで、随分遠くまで行った事もある。人混みが苦手だったので、なるべく田舎っぽい駅を選んで降りていたが、その日は特にひなびた伊勢野駅に降り立った。いくら歩いても何もない所だったので、引き返す事にした。

70歳くらいの男性が駅の方から歩いてくるのが見えた。私の方をじっと見ている。彼と私の距離がだんだん縮んでゆく。彼は私の前で立ち止まった。軽い恐怖を感じたが、顔を見ると端正な顔立ちで、昔どこかで会ったような気がした。

彼は急に顔をほころばせて、「大丈夫。貴方は間違っていませんでしたよ」と言って通りすぎていった。

「えっ？　貴方誰？　ちょっと待って」と頭の中で色んなワードが交錯したが、振り返る事もせず、その場で固まっていた。私が一番欲しかった言葉を彼が言ってくれた。彼は神様？　守護霊様？　それとも、もしかしたら幼稚園の時、私が『こじき』と言ってしまった修行僧の25年後の姿かもしれない。

でも、やっぱりただの通りすがりの人だろう。私があまりにも暗い表情をしていたので、適当な事を言って慰めてくれただけかもしれない。それでも構わない、。幸さんの口先だけの『大丈夫』は何度も聞いたけど、これほど暖かくて力強い大丈夫があっただろうか。それに、「貴方は間違ってませんでしたよ」と過去形で言ってくれた。

如月さんにふられる事を選択したのは、やはり間違いではなかったんだ。心がとても軽くなった。その人との出会いは小さな奇跡だった。

駅に着いて、いつも持ち歩いていた、如月さんのお父さんからの手紙を、鞄から出してみた。

この手紙の内容を受け入れられるようになるまでは捨てない、と思っていたけど、びりびりに破いて駅の自動販売機の空き缶入れに捨てた。まだまだ寒い3月上旬だったが、心は暖かくなった。

その頃から少しずつ元気を取り戻していった。電車で出かける事もやめて、毎日陽子さんの家にお邪魔して、他愛ないお喋りをしていた。4月、私は普通にテレビを楽しめるようになっていたし、食欲も戻ってきた。眠剤を飲まなくても眠れるようになれた。そして左脇腹にできていた赤い痣もいつの間にか綺麗に消えていた。

昨年10月某日から続いた因果応報のストーリーは、半年でようやく幕を閉じようとしていた。逃れられない因果の理。私が瞑想中に良からぬ事を考えて胸がどきゅーんとなった事が因なら、結婚直前までいった人に無様なふられ方をした事も含め半年間、底知れぬ恐怖に震え、阿鼻叫喚《あびきょうかん》の地獄を味わった事が果だ。これで、私の中で不幸の因果関係は完全に完結した。だからもう、いつどんな形で果がやってくるか怯える事もないし、如月さんに対する執着や未練も断ち切れた。

私の取引は成功したのだ。私は自分にようやく無罪判決を下した。一時は、『人生終わった』と感じたけど、これからも私の人生は続いてゆく。しかもこれからは、普通に呼吸できる事、食べられる事、眠れる事等、今まで当たり前と感じていたすべての事に感謝しながら生きてゆけるんだ。これからの人生、すべて私の物なんだ、思うと新たな歓びが込み上げてきた。

如月さんにふられて3か月、祐ちゃんが紹介してくれた占い師高井さんが予言した通り、あの日からちょうど2か月後だった。見合い地獄は約6年続いたのに、因果応報地獄はたったの半年、こんなに早く立ち直れるなんて。半年間の地獄に巻き込んでしまった母と妹に謝った。でも、お正月に罵声を浴びせられた父親には謝らなかった。全く口をきかなくなったけど、家族だから仲良くしなければならない理由は何もない。これが父と私の正しい在り方だと思っていた。

その後、祐ちゃんに「元気になれたからまた会おう」と連絡し、食事に行った。

「私ね、如月さんとはつくづく縁がなかったんだなぁと思うの。如月さんには弟の光さんがいるけど、私より年上だから結婚したらお兄さんもできると思って喜んでた。でもそれと同時に、如月さんとうちの妹が義理の兄妹になる訳だけど、二人が義兄妹として会話している姿がどうしても想像できなかったの。それにやっぱり、何事もなく結婚していたとしても超マイペースの私は、絶対に如月さんとも義両親ともうまくやってゆけなかったと思う」

「縁がなかったのなら、どうして如月さんは夏子さんの前に現れたの？」

「そこなのよ。あの人こそ、もしかしたら人生最悪のピンチから私を救うために用意されていた救世主だったのかもしれない」

「夏子さんの因果応報の恐怖をなくする事が、如月さんの役割だったというの？」

「その通り。でも如月さんにもメリットはあったわ。前の奥さんで失敗、私で大失敗ときて、次に現れる女性こそ、3度目の正直。運命の人。それまで悲しいステップを踏んできただけに、次の女性に巡り会えた喜びはとても大きいはず。今では彼の新たな出会いを陰ながら応援しているの」

「夏子さん元気になれて良かったね」

「ありがとう」
この因果応報地獄の後、私は一切泣かなくなった。

自分とのつきあい方

生き辛さをなくし楽に生きてゆく為に自分をもう少し甘やかせてあげようと思った。第一に無駄のない生き方をしようとは思わない事。そして罪悪感も持たない事にした。

昔から母に「あんたは落ち着きはないし、慌てん坊で乱雑でだらしがないし…」とよく叱られていた。

電車を降りた後、切符が見つからず改札付近でガサゴソ捜し始める事が、今でもたまにある。そういうところは確かに直す必要はあるけど、罪悪感を感じるほどの事でもない。法に触れる悪いことは何ひとつしてこなかったのだから、もう自分を否定するのはやめにした。それにダイエットもなるべくしない事に決めた。ダイエットに失敗すると、自分を律する事もできないだめな人間と、また否定的に捉えてしまいそうだから。第一食欲があるなんてとても有難い事ではないか。

大好きだった原田先生が言っていた一生懸命生きるってどういう事？と考えたり悩んだ

りしたけど、一生懸命はもう卒業する事にした。『若い時の苦労は買ってでもしなさい』という言葉にも影響され、自虐も相まって苦労を買った事は何度もある。でももう若くもないから苦労も買わない事にした。

ただやっぱりそれまで自虐の人生を歩んできたのだから、これからはもっと自分を大切にしてあげたい。無理や痩せ我慢、作り笑いをする事なく、なるべく自然に自分に正直に生きてゆきたい。本当のどん底に堕ちて、そこから這い上がってきた。苦しんで苦しんで苦しみぬいた果てにしか答えは見いだせない。新しい景色にも出会えない。

それは正に今の私の状態を言うのだろう。だから今度こそもっと楽に生きる事が今の私ならきっとできる！

ひとつだけ自分に課したのは日記をつける事。といってもその日の出来事を簡単に書くだけで自分の思いは書かない。ぼ〜と生きていても、ちゃんと生きていても時間は風のように足早に過ぎてゆく。そんな毎日に歯止めをかける事はできないが、1日終わりに今日を生きた記録を残したかった。

記録が残ってると後々色々と便利だった。以上の甘いルールで新たに人生の第2章を生きてゆく事にした。

その頃、母は、『もう、一人暮らししても構わない』と言ってくれたが、若い頃のように一人で暮らせるなら、どんな所でも構わないと思うほどの気持ちはもうなかった。そして、以前からずっと気になっていた事を母に聞いてみた。

「昔の話なんやけど、なんでまだ幼稚園児の私をお祖母ちゃんに預けて働きに行ったの?」

「子供の頃、お母ちゃんの家は小さいボロ家で恥ずかしかったから、あんたらには伸び伸びできる広い家を与えてやりたかった。近所には田んぼを売ったお金で家を建てた人も沢山いてるけど、うちには田んぼも財産もないし、お父ちゃんもお母ちゃんもローンとか借金が嫌いやから二人で働いて、お金が貯まった時点で増築を繰り返していった」

母はそう答えた。その結果、現在の我が家は決して立派ではないけど、部屋数はちょっと多い。

「でも家はただの容れ物やん、私とふゆちゃんが寂しい思いをするとは思わなかったん? 広い家より暖かい家庭が欲しかった」と言うと、「子供のために必死で働いてきたんやから、その事に対してはなんの後悔もしてない」と半分きれられた。

ならば私も、その恩恵に預かる事にした。これからも大嫌いな父親の家に居候させてもらう感覚でひっそり暮らす事にしようと思った。

家庭内絶交するには好都合な家かもしれない。多分私は、世間でいうヘタレという種類の人間なのだろうと思ったが、自分を否定しないと決めたので『ヘタレで何が悪い?』と開き直っていた。

5月、私は家の近くの化粧品の工場の製造ラインでパートとして働き始めた。1時間の休憩を挟んで、9時から5時までの7時間。ひたすら同じ作業の繰り返しだったけど、そんな仕事が結構気に入っていた。

帰宅すると、お腹がすきすぎて毎日ご飯のお代わりをしていた。さすがに4杯目となると、「食べ過ぎ」と言われるかと思いきや、母も私が元気になった事が嬉しいらしく、いそいそと少な目によそってきた。体重はどんどん増えていったが、そんな事、どうでも良かった。

日常が戻ると色んな光景が目に入った。

公衆の面前で奇声を発してる人を見かける事もあった。

『もしかしてあの人は、ちょっと前の私のように、一人では受け止めきれないほどの恐怖に怯えているのかもしれない。どうかあの人の心に平穏が戻りますように』と心の中で手を合わせた。間違っても、幸さんのように力もないのに安易に手をさしのべるような事はしてはいけない。

6月、祐子さんの結婚式に参列した。ジューンブライドとなった祐ちゃんは綺麗だった。

お相手は、私もお世話になった高井さんに最高の相性とお墨付きをもらった男性だ。新居にもお邪魔した。その時、「もし夏子さんさえ良ければの話なんだけど、うちの従兄紹介しようか？　わりとかっこいいよ」と言われた。

とてもありがたいお話だけど、私はお断りした。結婚式で初めて知ったけど、彼女は結構なお嬢様だった。お父様はどこかの学校の校長先生だし、お兄さんも優秀だ。そんな事はどうでもいいけど、そのお話がうまくいってもいかなくても不都合が生じる。うまくいった場合は、両家の顔合わせ等には大嫌いな父親も同席してもらわなければならない。普段は口もきかないのに、その時だけ仲のいい父子のふりなんてできない。逆にうまくいかなかった場合は、祐子さんとの友人関係にもひびが入りそう。祐子さんとはずっと友達でいたかった。何より、家庭をもつなんて偉業は、超マイペースの私にはやっぱり向いてないと悟ったばかりではないか。

その頃たまたま求人広告のちらしを見ていたら、如月さん兄弟が経営する学習塾が女性の講師を募集していた。従業員を雇えるほど儲かってるんだと思ったけど、あ、そうか、これは如月さんの花嫁候補の募集かもしれない。もしそうだとしたら、なんていいアイデアなんだろう。面接の時、すぐ辞められたら困るからという理由で、「彼氏はいますか?」「結婚のご予定はありますか」と探りをいれても違和感はない。

如月さんも今度こそ素晴らしい伴侶が見つかるだろうと予想していた。

ナンバーワンよりオンリーワン

工場に勤めて3年経った頃、駄目元で受けた宗像出版という教育関係の出版社から採用の通知が届いた。絶対に断られると思い込んでいたのだが。自分とは育ちの違う人達がたくさんいそうな職場に順応してゆける自信はない。今の職場は無愛想でも何の問題もないが、そこでは多少の愛想笑いも必要だろう。

迷ったが結局、転職する方を選んだ。あえて居心地の悪い職場に身をおく事でコンプレックスをさらけ出してみたら、もう一皮剥けそうな気がした。そういう決意の象徴として、髪型を変えた。それまでエラがはっている事を気にしていたので、なるべく小顔に見せるため、前髪もおろし、サイドの髪でエラを隠していた。でも今回は、おでこも、エラも頬も丸出しにして新しい職場に臨んだ。

仕事は楽でみんないい人達だったが、やはりおでこやエラはさらけ出せても、自分のプライベートや過去は、あまりさらけ出したくなかった。でも、おでこやエラをさらけ出したのがよかったのかどうかは知らないが、その頃、意外にも会社の内外でよくデートに誘われた。その中には好みのタイプの人もいた。

結婚願望はないけど、恋愛はこれからもしてみたいと思っていた。でも人を好きになると色々邪悪な感情が湧いてきてまた傷ついてしまいそうだと臆病になっていた。どうしたらいい恋愛ができるのだろうか？　まだ『世界にひとつだけの花』という歌がヒットする前だったが、その頃よく『ナンバーワンよりオンリーワン』という言葉を耳にして、目から鱗が落ちる思いがした。

それまでは好きな人ができると、私が彼の1番でありたいと願っていた。でも自分に自信がないからやきもち妬いたり落ち込んだり。でもオンリーワンを目指せば平和でいられる。

ではこの私に、『自分はオンリーワンの人間だ』と胸を張れる要素が何かあるのだろうか？誰も気付いてくれないけど、気付いた人には可愛いと言ってもらえるこのえくぼ？　いや、ちがう。人からよく誉められるのは紫外線に晒していない肌だが、いやいやそんなものでもない。

私には他の人が持ち得ない大きな財産があるではないか。因果応報地獄の深い闇から現世に戻って来られたという奇跡。それで、一見当たり前の事がどれだけありがたいかという事も身を以て知る事ができた。それこそが、私のアイデンティティ、オンリーワンではないか。だから人を好きになっても、私のオンリーワンを誇りに思えば、誰かと比較したり競ったりする必要もないから、嫉妬も羨望も生まれない。それと1人の人と長くは付き合わない事、長く付き合うと、その延長線上に結婚が見え隠れしてくる。お互い好きで、また会いたいと思う状態でお別れするのがベストだ。

この2つさえ守れば恋愛が楽しめると思ったが、「そんなの本当の恋愛ではない。それに相手に対する思いやりが全く感じられない」と言う人もいた。確かにその通りかもしれない。でも、今現在に至るまでいい思い出がそれなりにできたし、時が経っても大好きと思える人が沢山いるから、自分としては満足している。

過去の空白は諦めろ

宗像出版に転職してやっぱり失敗だったと悟った。プライベートは充実していたし感謝の毎日を過ごしていたが、やはり職場の居心地は悪かった。自虐ネタもたまに出た。

私は遠からず40になろうとしていた。でも抜け殻状態やまっさらのクレヨンをポキポキ折るように生きてきた時代が長過ぎたので、戸籍上の年齢と体感年齢の間にギャップを感じていた。

「そのギャップを少しでも埋めてやりたいんだ、ジグソーパズルのピースのように」と、2人の友人にそんな抽象的な悩みを吐露してみた。2人とも全く同じ事を言った、「どんなに過去を悔やんでも過去は変えられない。それよりも今を精一杯生きるべきだ」と。

その薄っぺらい、的はずれなアドバイスに悲しくなった。第一、過去を変えられないこ
とぐらい人に教えてもらわなくても知ってるし、私が変えたいのは過去ではなく過去に対する認識なんだ。それに私は精一杯とか一生懸命という言葉にずっと惑わされてきた。生き方は人それぞれ、貴方達が毎日を精一杯生きているというのならそれはそれでご立派だと思う。でも私は適当に、そこそこ頑張るという生き方が漸く修得できたんだ。貴方達が思うほど情けない毎日は送ってないと思った。

でも2人ともバカではない。1人は神社に嫁いだ中学生時代の友人だし、そしてもう1人は会社から海外出張を任されるほどのキャリアウーマンだ。昔からみんなに賢いと言われ続けてきた彼女には「ええ年してそんな事を言ってると笑われますよ」と言って鼻っ柱を折ってやった。でも彼女達の言う事も一理ある。きっと過ぎた過去等きっぱり諦めろと言いたかったのだろう。悔しいけどその通りである。

またつまらない事で悩んでいた。今度の悩みには逃げ道は沢山あるではないか。要は、周りがエリートばかりで肩身が狭いとか、こんな所に私がいてもいいのだろうかとコンプレックスを感じるというのなら辞めればいい。それだけの話だ。

♪理由《わけ》のわからない事で悩んでいるうち老いぼれてしまうから……。

その歌の通り、ぼやぼやしていたらあっという間に棺桶に片足を突っ込んでしまう。
人生のどん底から這い上がってもう9年、今の会社に勤めて6年経った。長年の夢を実

現するなら今だ。おかげさまで私には夫も子供もいない。そんな恵まれた、いかず後家の立場を利用しない手はない。

会社にいる間にコツコツ準備し始めた。今度こそ誰にも邪魔させない。親の許可も取り付けた。そして40歳の時、ようやく会社を辞めた。そして1週間後、イギリスに旅立った。

第3章　令和、今がいちばん……………

結願《けちがん》

令和元年12月某日、お遍路のために10回目の四国を訪れた。

それまでは行きやすい札所から自由にまわっていたが、結願を迎える今回は81番白峯寺から順番にまわる予定だ。享年80歳で逝った母、だから札所の数字を年齢になぞらえて、母が生きられなかった81、82、83番……88番大窪寺と、母と一緒に歳をとってゆく感覚で巡る事にした。ありがたい事に今回も色々お接待を受けたので、88番目の札所に着いたのは予定よりずっと早かった。

最後の札所では、般若心経の後、いつもより念入りにお参りした。

『お大師様、3年前、母のいない現実を受け入れ、前向きに生きてゆける事を祈念し発願《ほつがん》致しました。3年間色んな事がありました。そして今日、こんなに爽やかな気持ちで結願を迎えられた事、心から感謝しています。本当にありがとうございました。そして、お母さん、お母さんが向こうの世界へ行って6年、その間感情は色々揺れ動いたけど、漸く、ひとまわりしたというかんじ。でも6年経っても愛憎は愛憎。憎の字が抜けないの。だからこそ言うんやけど、もし来世というものがあるとしたら、もう一度お母さんと母娘としてやり直したい。おかげさまで、今世でこれだけ悩んだり傷ついたりして少しはうまく生きられるようになれたから、次回はもうちょっと親孝行できるはず。だから次は札所の数以上に長生きしてね！　そしてお父さんもありがとう。お遍路中死ななかったのはお父さんのお陰かもね。でも今度生まれ変わったとしても、お互いすれ違うだけの間柄でいようね！　これからもお父さんとお母さんがこの世に送り出してくれたもうひとつの命、ふゆちゃんと仲良く暮らしてゆきます』と手を合わせ、立ち去ろうとして思わず引き返した。『お母さん、ごめん、追伸、追伸、たった今、次は親孝行すると言ったけど勘違いしんといてね！　来世はもっと素直になるし勉強も仕事もそれなりに努力して、まあまあ充実した人生をおくるという意味よ。結婚して孫を抱かせてあげるのは次も多分無理。やっぱり一人が楽、そっちの方は兄弟に任せるわ。格好よくなくても優秀じゃなくてもいいから優しいお兄ちゃんをつくって！　私はお兄ちゃんの嫁探しと子育てに協力するわ。それで私の結婚出産は堪忍してね！　以上、追伸終わり』

結願したといっても達成感はあまりない。歩き遍路でもなかったし、遍路宿や宿坊に泊まった事もない。専らビジネスホテルを利用していたし、食事はコンビニで買った物をホテルの部屋で食べていた。色んなお遍路さんと出会い、これで何十回目という人もいたけど、私は1回で充分だった。昔は巡礼の途中でたくさん死者も出たそうだ。私も一歩間違えれば死んでいた。

ガイドブックを見て最寄り駅、または最寄り停留所から徒歩1時間以内であればなるべく徒歩で、1時間以上であれば、無理せずタクシーを利用していた。徒歩1時間以内でも、山道や遍路転がしと言われる悪路を通る場合もタクシーに乗った。でもタクシーは、呼べば必ず来てくれるわけではない。

ある時「只今みんな出払っております」と断られた。

仕方なく案内に沿って石段を登ってゆく事にしたのは、まだまだ残暑厳しい9月だった。石にこびりついた苔に半分滑りながら、這うように登っていった。『まむしに注意』の看板を見た時は、足が止まった。私は蛇が大嫌いだ。もし、まむしと遭遇したら面積が約「25センチメートル×1メートル」の石段では逃げ場がない。驚いて石段を転げ落ちるか、石段からはみ出し草木や雑草で死角になっている地面に垂直落下してゆくしかない。ひき返して出直そうかと迷った。でも、もう半分くらい登ってきていた。下りるのは登るよりも滑りやすく、もっと危険だ。暫く立ち往生していたけど、まむしに遇わない事を願いながら再び登り始めた。

1時間以上かけて漸《よう》く《や》札所に着いた。幸い、蜥蜴《とかげ》は何度も見たけど、まむしには遭遇しなかった。

帰りは車で来ていたご夫婦にお願いして、下まで同乗させていただいた。でもそれ以上に怖い思いをした札所があった。

梅雨の季節、小雨の中、お参りを終えて踊り場もない急勾配の下りの石段を前に、この高さから落ちたら即死だろうなと他人事のように思っていた。でもそのわずか2、3秒後、私の両の靴は石段から4分の1ほどはみ出し、現在進行形でじわじわと滑り続けていた。大声を出しても、参拝中の団体さんには聞こえない。バランスがとれず体勢が立て直せない。

……私ここから落ちて死ぬんだ。

身体が前傾姿勢になって落ちる事を覚悟した。『マスコミ各社の皆さ～ん、どうか札所の石段から落ちて死んだ女の実名報道だけはご遠慮くださ～い』と願った時、ドスンと凄い衝撃を感じ、気がつくと石段にぺたんと尻もちをついていた。助かった。奇跡だと思ったのと同時に、今度は胸に激痛が走った。もしかしてこれが急性心筋梗塞ってやつ？　どちらにしても死ぬ運命だったのかと、のたうち回っていたが、幸いにも1、2分で胸の痛みは治まった。

落ち着きを取り戻し、今度はしっかり手摺りにしがみつくように蟹歩きで石段を下りていった。

バス停を目指し歩いているうちに、ふと不安に襲われた。『もしかして私は今、死んでいるのではないだろうか？』と。突然死んだ人間は、自分が死んだ事を自覚出来ずに魂だけで行動するという話をよく聞くけど、まさに今の私はその状態ではないだろうか。私の肉体は今あの石段の下に転がっていて、団体客に取り囲まれているかもしれない。そう思った時、さっきの札所で会った地元の男性の車が止まってくれた。

「よかった。この人には私の姿が見えるんだ」と安心してありがたく乗せていただいた。

おまけに彼の愛犬が私の脚の上に乗ってきた時の感触も確かに伝わってくる。

「大丈夫、私は生きている。でも油断してはいけない、実はこの人は死神で、これから黄《よ》泉《み》の国《くに》に連れていかれるのかもしれない」なんて妄想していた。

その夜ホテルでベッドに横になろうとした時、胸骨から両方の肋骨にかけて軽い痛みが走った。胸骨を触ってみたら少し痛かった。改めて、昼間の不思議な出来事を思い出した。あの時はよくわからなかったけど、ドスンという衝撃を受けた部位は胸骨だったのだと気が付いた。

目に見えない誰かが助けてくれた。それは弘法大師様、守護霊様という優しげな力ではなく、生身の人間が拳で胸骨を殴るという物理的な力が働いたとしか思えない。もしかして母かも？　いや、あの力強さは男性のものだ。父親がグーパンチで私を転落から救ってくれたのかもしれないと思った。

「死んだ！」と思った事はそれまでも何度もある。小学生の夏休み、初めての海に興奮してはしゃいでいたら、いつの間にか海面は首の辺りまできていた。

大波がきた。自分の頭をゆうに越え、完全に波にのまれ、海の中をゆらゆら漂っていた。

方向感覚がなくなり、どっちに向かったらいいのかわからない。私、死ぬんだと思った。でも周りの大人達が気づいて助けてくれた。

こんな事もあった。国道を原付で走っていた。道路の隅に落ちていた折り重なったビニールのごみ袋でスリップを起こし、愛車はふらふら車道にはみ出し、片側車線の真ん中で転倒した。

「死んだ！」と思った。

後続車のトラックがガリガリ私の背中を轢《ひ》いてゆく激痛を覚悟したが、何も起きない。高齢ドライバーが「びっくりしたで」と言いながら原付を起こし、隅っこに移動させてくれた。彼の急ブレーキは間一髪間に合ったようだった。

他にも色々あるが、それらの九死に一生の出来事は、いつもすぐに忘れてしまった。でも、その○○番札所での出来事は、忘れたくても忘れる事ができなかった。なぜなら最初は軽かった胸骨の痛みが、だんだん酷くなり日常生活に支障をきたすほどになっていった。胸骨から肋骨にかけてビリビリと鋭い痛みに襲われる。寝転がる時、起きあがる時、椅子から立つ時、笑っても、痛かった。くしゃみなんかしたら気絶していたかもしれない。

整形外科の名医に診ていただき、薬なしでも痛くなくなるまでに3か月くらいかかってしまった。あれはちょっと不思議な出来事だった。

結願の翌月、令和2年1月某日私は高野山にいた。たくさんの供養塔の間を通り抜け奥の院に着いた。参拝を済ませ、納経所でお遍路さんのご朱印帳の1ページ目を差し出すと、係りの人が「満願成就おめでとうございます」と言ってくださった。これでようやく同行二人《どうぎょうににん》の旅は終わりだ。

しかしその頃から新型コロナウイルスが騒がれ始めた。この頃は正直、まだ他人事だったが感染者は凄い勢いで増えていった。まさかここまで猛威をふるうとは全く予想していなかった。

父

令和2年10月1日、この日は中秋の名月という事で夜、外へ出てみると東の空にまんまるのお月様が出ていた。

一度だけ家族でお月見という風流な行事をした事がある。

小学1年生の時、夕食の後、縁側に移動しお月様を見ながらお団子を食べた。

「きれいやね〜」「お団子おいしい」「夏子もうひとつ食べる?」「今日、学校でね…」

花瓶には母がそのへんで取ってきたすすきが数本飾られていた。月を見ながら家族で色々お喋りしたあの30分間は、間違いなく、しあわせのひとコマだった。

その翌年、我が家は増築して縁側もなくなったので、その後お月見の記憶はない。令和の中秋の名月を眺めながら、両親も亡くなり私達姉妹も変わり果てたけど、私が今見ているあの月は、遠い昔に家族で見た月と同じなんだなと思うと、人間ってちっぽけな存在だなあと感じた。

うちはあまり幸せな家庭ではなかったと思っていたけど、そんな家族団欒の夜もあったし、みんなが笑顔の日も確かにあった。そして今もごく稀にだけど、父の優しかった瞬間を思い出す事がある。でもやっぱり父親の事を思う時、頭に浮かぶのは顔を真っ赤にして、憎たらしげに私を怒っている時の顔なのだ。多分、父は死んでみて初めて、本気で私に嫌われてる事に気付いたのだろう。

ある夜いつものように仏壇の前に座り、お線香に火をつけ香炉にさした。その瞬間、信じられない事が起こった。

私の左肩辺りから、閃光《せんこう》がシューシューと何度も目の前を通り過ぎていった。それは子供の時よくやった手持ち花火そのもので、一瞬きれいだと思ったが、見とれている場合ではない。慌てて左肩をパンパン叩き、消火を試みたが、熱さは感じない。

私の声に驚いた妹がとんできた時には花火は収まっていたが、私も妹も焦げたような匂いを感じていた。

着ていた服を脱いで左肩辺りを見ても、閃光が落下した辺りの畳を見ても、焼け焦げの跡はなかった。匂いは暫《しばら》く残っていた。

今のは何の警告？　火事に注意？　それとも今日、私、何かやらかした？　思い当たる事といえば、その日も妹に父親の悪口を言いまくっていた事だ。

父は死んでも尚、私に悪口を言われる事を嘆き、あんな形で表現したのかもしれない。決して嫌いだった訳ではない。ただ、馬が合わなかっただけの事なんだと言い聞かせた。

父にも尊敬するところがあった。それはご先祖様の供養を熱心にやっていた事だ。お寺の行事にも積極的に取り組んでいた。生きている時から仏壇もお墓も購入し五重《ごじゅう》を受けて戒名ももらい受けていた。今は私が父の意志を受け継いでいる。

ある日、2か所のお墓を廻り、帰って玄関の扉を開けると、ズボンの膝から下が階段の方に向かって歩いてゆくのが本当に一瞬だけど見えた。あれは確かに元気な時の父の歩き方だった。ご苦労さんとねぎらってくれているように感じた。

安心の貯金

令和3年3月、母の幼馴染みの牛田みちこさんがお亡くなりになったと風の便りで聞いた。彼女は、娘が二人とも独身の母に深く同情してくださったが、ある時を境に形勢が逆転し母を羨ましいと仰るようになった。

ご主人のしょうじさんが定年を迎えた後、二人で豪華客船で船旅に出るのを楽しみにされていたが、その前の健康診断でしょうじさんにがんが見つかり、そのままお亡くなりになった。それから何故か子供や孫たちは一切実家に寄り付かなくなってしまい、毎日が寂しくてたまらない。それで知り合いに片っ端から電話をかけまくり、「私がおごるから明日一緒にランチしよう」と毎日のスケジュールを埋めるのに必死になっておられたそうだ。

私に牛田さんのこころの機微《きび》がわかるはずもないが、その寂しさはよくわかった。そんな彼女の訃報に接し、母の死からも立ち直り、毎日を平穏に過ごしている私だけど、これからも決して油断してはいけないと肝に銘じた。一寸先は闇、天国から地獄という事態を牛田さんも私も経験したが、意外と些末《さまつ》な事がきっかけで心のバランスを崩し、不安を感じる事があるかもしれない。そんな時のために人知れず人様のお役に立てるように、微力ながら努力をする事にした。ある日、駅前の格安チケットの自動販売機の前を通ったらピーピーと聞き覚えのある不愉快な音に気がついた。おつりの所から九千円が出ていた。私も何度かやった事がある。急いでいて小銭だけとって、紙幣の方は忘れたのだろう。すぐ近くの交番に持っていった。

お巡りさんが何か書類を取り出す前に、「すべての権利は放棄します」と言った。

「じゃあ落とし主が現れたら、貴方の情報をお伝えしていいですか？」

「それも嫌です。でも落とし主にお金が戻ったら、その時は報せてほしい」と連絡先を記入した。

後日○○警察署から封書で『貴方の取得した遺失物は遺失者に返還されました』と事務的な通知を受け取った。遺失者は駄目元で交番に駆け込んでくれたんだと想像すると、とても嬉しい気持ちになれた。そんな形で人様のお役に立てた事は何度かある。

それから、おぼつかない足取りで歩いている超高齢者の方や、白杖を持った方をお見かけしたら、時間のある時は何事も起きないように遠巻きに見守っている。お節介と思われたくないので安易にお声はおかけしないが、たまにおかけする事もある。それらの行為はすべて自分のためにやっているのだ。

これからの人生でまた孤独や不安を感じた時、見返りを求めずにわずかでも人様のお役に立てた事、立とうとしたという事は、私がそこから脱け出すための〝蜘蛛《くも》の糸《いと》〟に繋がるのではないかと考えているからだ。ただの自己満足かもしれないが。

令和4年大晦日深夜、私はお寺の役員だったので他の役員さんや檀家の人達と除夜の鐘をついていた。煩悩を払うための除夜の鐘だけど、やはりひとつきごとに願わずにはいられない。

来年こそコロナが終息しますように。ゴーン。

おかげさまで私自身はコロナの影響を受ける事なく今年も充実したいい年でした。ゴーン。

最近は、見る夢さえ優しく感じるくらい平和です。ゴーン。

どうか来年も現状維持でいられますように！　ゴーン。

関節リウマチ

だけどやっぱり現状維持というわけにはいかなかった。令和5年パートの仕事を辞めた。いつも人間関係はどこの世界でも色々あると思うけど、その職場にも色んな方がいらした。いつも人の悪口ばかり言っておられる大橋すみえさん、彼女が突然始める悪口大会に私は参加した事はないけど、嬉々として参加している人達を見て「他に楽しみないんかい」と思っていた。でも自虐の時代の私ならきっとみんなに同調していただろう。勿論今でも悪口を言う事はあるけど、人前ではぜったい言わない。

佐田みゆきさんのように理不尽な事をしつこく言ってくる方もいらした。1回くらい言われても気にしない。でも2回目となると不愉快になる。3回目「まだ続けるの？　もうそのくらいでやめといた方がいいよ」４回目「うるさい！　そんなどうでもええ事、いつまでゴチャゴチャ言うてるんや。タワケー」と声を荒らげ、鼻と眉間にしわを寄せて思いっきり怒りを伝える。こちらは喧嘩になって構わないと覚悟した上での事だが、キレルと逆に何も言われなくなる。「あ、やっぱりそういう事か。私がおとなしいと思って調子にのってたら思わぬ反撃をくらって、しゅんとしておられるのね」

確かに昭和にはそんな方がたくさん生息しておられた。でもあの頃の私はまだ自虐だったので理不尽な事を言われ続けても「わぁ面白い。この人がどこまで図にのらはるか観察ノートをつけてみたい」なんて思っていたところだ。

何人かの人にキレタ事があるけど、そんな人間関係も含めてその職場が気に入っていた。無愛想でお世辞も言わない私でも、無理する事なく仕事ができたからだ。だから辞めたくはなかったが病気には勝てなかった。４月中旬、会社に「治療に専念したいから辞めます」と電話を入れていた。その２か月前から症状が出始めた。手指が痛く曲げられなくなった。そのうち脚も痛くなった。膝裏やふくらはぎがだる重く脚も曲げられなくなり、歩くのにも困難をきたすようになった。毎晩仏前で祈っていたが治らない。

膝の水を抜いてもらったりマッサージも受けた。勿論薬はちゃんとのんでいたが良くならない。でも５月になると脚の痛みは嘘のように治まった。段々良くなったのではなくある朝突然普通に歩けるようになった。

奇跡のようだと感激した。

でも手の方は、手首、腕とまだ痛いし手指に全く力が入らないので、脳のクリニックに行った。ＣＴやＭＲＩは「異常なし」だったが血液検査の結果は悪かったらしく一週間後先生から電話がかかって来た。

「この前受けてもらった血液検査の結果が今日返ってきたんだけど、近いうちに来られる？」

「じゃあ明後日に伺います」

「誰かと一緒にくる？」

「いいえ」

「別に１人でも構わないんだけど」と言われ、「家族と一緒に説明を受けなければならないほどの重症なのか！」と最悪の事態を想像した。

そして母が亡くなって数か月後、死ぬまでにやりたい事を箇条書きにした事を思い出して、10年経ってどれだけ実現できたかを検証してみる事にした（前述）。
1、昔の日記や不要な物は捨てる…………これはまだまだこれから。
2、水墨画や俳句等、母が趣味でやっていた作品を鑑賞する…………これはボチボチやっている。
3、お遍路さんを始める。そして結願する…………これは無事完了できた。

4、もう一度マーゲイトに行く事………これも無事完了。

5、猫を飼う事………これは完全に諦めた。確かに猫は可愛くて私を癒やしてくれるだろう。でも逆に私は猫の為に何をしてあげられるかと考えたら、毎日世話をする自信はない。私は昔から自分の世話だけで手一杯の人間だ。

6、台所や浴室等をリフォームする事………やりたいんだけど家の中に他人が入るのは気を使うからまだしてない。

7、自分史を出版する事………これは現在進行形、これは絶対完成させなければ！　まだ死ぬ訳にはいかない。

そして当日ドッキドキでクリニックを訪れた。

先生が「炎症かなり酷いね。薬飲めば治るけど、副作用がきついから沢山は出せないんだ。でも今日から少しずつ飲み始めてみる?」

「飲みます。飲みます。薬飲んでよくなるなら多少の副作用くらい平気です」

薬の効果が出るのはちょっと時間がかかったけど、だんだん効いてきて痛みも治まって、手指に力も入るようになってきた。

次の診察日がやってきた。名前を呼ばれ、いつになくリラックスした気持ちで診察室に入ると開口一番、「貴方の正式病名がわかりました。貴方は関節リウマチです」と言われた。

それから約半年後、寛解したと診断された。完治はしない病気だから勿論これからも薬は飲み続けなくてはならないが…。病気といえば、幼い時からしていた肉体的自傷行為のその後だが、抜毛症の影響で薄毛にはなったが、あんまり気にしていない。

もうひとつの、尿意を我慢し続ける方は内臓にかなりの負担を与えたはずなのに、透析を受ける事もなく膀胱や腎臓にも異常はない。

ありがたい事にTVのコマーシャルでよく聞く、ちょびもれもない。そして便秘だが、自分にあった便秘薬を見つけ、腸の状態をよくするサプリと併用して飲んでいる。そして自虐は完治した。と思う。

妹

母が亡くなってしばらくは私も辛かったので妹を思いやる余裕もなく、あまり口をきかなかった。色々積極的に話すようになったのは令和になってからだ。親が亡くなり、姉妹二人だけになっても、予想通り妹はあまり家の事はやってくれない。町内の作業やお寺の行事、お墓参り等すべて私がやっている。でも仏壇まわりの掃除はこまめにやってくれるし、たまに私の分の夕食も作ってくれる。それに今回の関節リウマチではとてもお世話になった。

中でも4月末の「真夜中のオシッコ事件」の時は本当にありがたかった。それまで就寝中にトイレに起きるなんて事は殆んどなかったのに、具合の悪い時に限って毎晩夜中に2、3回は起きた。

ある夜なんとかベッドから起き上がれたが、これから脚をひきずってトイレまで行き、便座に座る時と立ち上がる時の飛び上がるような痛みを想像すると億劫になった。

その時部屋の隅のゴミ箱代わりに使っているバケツが目に入った。「もうバケツにしてしまおうか。でもそれはお洒落な雑貨屋さんで買ったちょっと上等のもの。もったいないかも?」と迷っていたら、ふらついてその場にバターンと転けた。転けたら最後。床に手もつけないし脚も曲げられないので自力で起き上がる事は、できない。

手を伸ばしなんとか携帯電話をつかみ2階で寝ている妹に助けを求めた。

妹は、すぐに下りて来てくれて華奢な体で私の身体を支えながらベッドに座らせてくれた。その後、私は無事バケツに用を足した。

翌日の夜寝る前、明日は痛みが治まり以前のように歩けるようになると根拠はないが確信に近い予感がした。翌朝起きると、ぴたりと脚の痛みは消えていて嬉しかった。妹とはその後もほどよい距離感を保ちながらそれなりに仲良く暮らしている。

平和な風景

令和5年11月某日、10回目の母の命日がやってきた。毎年、命日には早起きし、母が召された時刻に仏壇の前に座り、お線香が尽きるまで母と会話する。その後、お墓の方にもお参りする。その次は、近くのショッピングモールで来年のカレンダー、ダイアリー、占いの本等（信じてないけど）そしてちょっと高価な物を買う日と決めている。

パソコンを買ったのも母の命日だ。初期設定の時、私が考えた私の戒名と、ランダムに選んだ数字を組み合わせた物をパスワードとして入力したら「そのパスワードは既にお使いの方がいらっしゃいます」と表示されて、こんなに独創的なパスワードが何処の何方と被ったのだろう？　人間の考える事って大差はないのかもしれないと感じた。

保険に加入したのも母の命日だ。貯蓄タイプの保険なので、満期の時にはちょっと、まとまった額が手に入る。母を亡くしたばかりの頃、食事に誘ってくれたり、毎日メールで元気付けてくれた元同僚に感謝の気持ちを表したくて、初めて保険の契約者となった。

その保険ももうすぐ満期を迎える。母との関係も良好だ。

母と私は、今それぞれ別の世界にいるというだけで、ちゃんと繋がっている。

仏壇の前で私が相談事をすると必ず2、3日の間に回答がひらめくし指針を示してくれる。そんな風に、生きている時とはまた違う母子の関係を築けた事を心強く思ってる。

私は今、一番私らしく生きている。簡単に人と迎合しない自分が好き、自然体で生きてる自分が好き。今の私は自分の時間もお金も自分のものは自由に使う事ができる。昔はよく人に借金してたけど、今は貸してあげる側。やりたい事は誰に相談する事なく誰にも邪魔されず、大抵の事はできる。その気になれば鼻だって高くする事ができる（しないけど）。

とても快適だ。それを若い時にやりたくなかったか？と言う人もいるけど、そうは思わない。若い時は親の考えを押しつけられてがんじがらめだった。30歳でそこから自由になれた。親（母）が亡くなってもっと自由になれた。だけど当時は自由より孤独や哀しみの方が大きく抗うつ剤のお世話になった事もある。そのうつ状態を乗り越えた今だからこそ享受できる快適さだと考えている。

若い時は還暦過ぎての幸せは子や孫に囲まれたほのぼのしたものしか思い浮かばなかったけど、まさか私がこんなにハッピーなオーバーカンレキライフを送れるなんて！両親に感謝している。ちょっと皮肉の意味をこめて、勿論そのままの意味でも。

その頃テレビを見ていて心に残った街頭インタビューがあった。

「年金いくらもらってますか？」

そんな事を聞かれたら「ほっといてくれ」と怒る人もいるだろう。でも80代ずっと独身の女性は誠実に対応しておられた。

「〇万円です。そのうち〇万は家賃に消えます」

じゃあ残り全部を食費に当てたとしてもかなり慎ましやかな食生活になるけど、楽しみは？　病気したらどうするの？　と思った時、「そうか。両親は私にこのような老後をおくらせたくなくて私の貯金を頑なに自分達で管理してたんだ」とリアルに感じた。街頭インタビューのお姉さんも年金とは別に生活保護を受給されてると知って安心した。でも人の事を心配してる場合ではない。私も言うほど持ってないではないか。母が亡くなって10年、結構好き放題やって来た。イギリスの次はカナダにも行ったし通信販売で色々買ったけど全く使っていない物もたくさんある。

当然の事だがメインの口座の残高が怖ろしいくらいに減っているではないか。

だからこれからは出費はおさえる事にした。例えばお墓参りのお花も、もう10年経ったしもっと地味なお花に替える。海外旅行にはもう行かない。服は時々母のクローゼットを物色している。食事も自分の作るずぼらめしがいちばんおいしいと感じてる。そして詐欺には気を付ける事。そんな風に私なりの節約をした上で小さな楽しみ、プラスアルファのしあわせを味わっている。

蛙化現象

「蛙化現象」という言葉が令和5年の新語流行語大賞に選ばれた。蛙化現象の意味を知って、若い頃の私そのものではないかと驚いた。

色んな人に蛙化現象を起こして来たが、きっとそれは自分に自信がないことの表れだと分析していた。そんな変な性分が私だけではないとわかってちょっと嬉しかった。

クレヨン供養

令和5年12月12日、今年の世相を表す漢字が発表された。「翔」ならいいなと思ってたけど「税」だった。

私自身の今年を表す漢字は「痛」だ。でもあのくらいの痛みは世間からみればたいしたものでもないだろう。胆石もあるし、この先もっと激痛に見舞われるかもしれない。私の内臓は老化してゆくけど心は若返っているように感じる。

私の人生、今がいちばん面白いから。

あとはトラウマさえなければ言うことないんだけど。

令和5年雨の大晦日、除夜の鐘が聞こえてきた。去年はお寺で年越しをしたけど、あれからもう一年経つのか。早いなぁ。

私は、両親にお茶をいれ仏前に報告した。

「お父さん、お母さん、来年私の本が刊行される予定です。生まれてから現在に至るまでを書くのは気の遠くなるような作業だった。20年前にはまだ怖くて書けなかったあの事も今回は詳しく書けたし、親子の泥々とした確執も全て書いてしまった。これが一番の親不孝かもね。

実は私にとってもその本は恥そのものなの。でも今までの私の歴史を綴る事で抜け殻状態も含めた自虐の時代を供養する事ができるのではないか。それによってトラウマも軽減し心が軽くなると思うと、書かずにはいられなかった。

もうすぐ製本されて私のもとに届くのを楽しみにしているの。悲しい事では泣かない私でもその時は感動の涙を流せるだろうか？

それとも意外と冷静か？　自分の感情が予測不能で楽しみなの。勿論最初の一冊は二人に贈呈するね！」大丈夫、大丈夫。今の私が本当のわたし。大丈夫、大丈夫、とても安心している。

私を傷つけるものは何もない。
私のトラウマが消えてゆく。
私のトラウマが溶けてゆく。
私のトラウマが……

除夜の鐘が聞こえなくなった。
令和6年がはじまった。

完

あとがき　もうひとつのクレヨン供養

令和４年12月某日、私は日本海沿いの田舎町にいた。

若い頃、憧れていた人が結婚すると噂で聞いて「実はちょっと憧れていました」と打ち明けた。それで満足していた私だったけど、そのあと食事に誘われた。それは彼の優しさだったのだろう。待ち合わせ場所で会った時、「もうちょっと早《はよ》う言うてくれたらよかったのに」と言われ、違うんだ。結婚したかったわけじゃない。ただ憧れていただけなんだ。私は貴方の結婚を祝福しているんだ。色んな思いが複雑に交錯してまた悪い癖が出てしまった。自虐全開になった私を呆れたように見ていた彼、でもその後も優しく接してくれたNさんの事を、ふとした瞬間に思い出しました恥ずかしくて消えてしまいたくなった。もう40年も前の話なのに。そしてトラウマ旅行と称してNさんの故郷にやって来た。最寄りの小さな駅に着いた時は、とても寒かったけど彼はこの駅から都会に旅立ったんだと思うと心が暖かくなった。静止画のように見えた寒い日本海や彼が車窓から眺めたであろう景色、街並み等、Nさんの故郷を堪能して帰って来た。

その後Nさんの事を思い出しても消えてしまいたいと思う事はない。やっぱり過去を変える事はできなくても過去に対する認識は変えられるんだと感じた。

著者プロフィール

坂町ルツコ（さかまち るつこ）

昭和のど真ん中のとある水曜日、日本の某県某家に生まれる。そして令和の現在に至るまでずっと同じ家に住み続けている。
人見知りで超ズボラ。
好きな事・好きなもの
寝る事、食べる事、お喋りする事、犬・猫、漫画、読書、生け花、棚ボタ、一人旅、パワースポット巡り、その他
嫌いな事・嫌いなもの
雨の日、暑い日、狭い所・暗い所、各駅停車のエレベーター、信号、虫、頑張る事、石の上にも３年、悪気はなかったという言葉、その他

イラスト協力会社／株式会社ラポール イラスト事業部

クレヨン供養

2024年５月１日　初版第１刷発行

著　者　坂町ルツコ
発行者　瓜谷 綱延
発行所　株式会社文芸社
〒160-0022 東京都新宿区新宿1－10－1
電話 03-5369-3060（代表）
03-5369-2299（販売）

印刷所　株式会社フクイン

ISBN978-4-286-25242-1　JASRAC 出 2400724-401